흐린 세상 맑은 말

정민 교수가 가려 엮은 명청 시대 아포리즘

흐린 세상 맑은 말

정민
엮고 지음

해냄

서문

벌써 오래전 일이지만 사람 일에 치여 참 힘이 들었다. 먹기만 하면 토해 체중이 20킬로그램쯤 줄었다. 이러다 죽겠구나 싶었다. 몸보다 마음을 못 가눠 더 휘청거렸다. 그럴 때 명청대 지식인들이 남긴 청언(淸言) 소품 문학과 만났다. 그때나 지금이나 다를 게 없었다. 그들도 힘들었고 나도 힘들었다. 그랬구나! 그렇구나! 원숭이처럼 날뛰던 마음이 글을 읽으면서 차분해졌다. A4 이면지를 절반으로 잘라 원문 한 단락씩을 붙여놓고 가방에 넣고 다니며 틈날 때마다 우리말로 옮기고 내 소감을 적었다. 그러는 사이에 겨우 터널의 끝이 보였다.

날마다 뉴스 보기가 겁난다. 가뜩이나 납득 안 되는 세상에 분노 조절이 안 되는 사람들이 어디 한번 건드리기만 해봐라 하며 살고 있다. 수틀린다고 차로 사람을 밀어버리고, 욱해서 묻지 마 폭행이 일어난다. 임산부가 힘들어 자리양보를 부탁하면 "내려서 택시 타고 가라"는 독살스런 대답이 돌아온다. 사람들이 점점 흉포해지고 세상이 날로 무서워진다. 독이 바짝 오른 독사 같다. 말은 점점 앙칼져지고 살기가 등등하다.

어쩌다 이렇게 되었을까? 갈수록 더하면 더했지 덜해질 것 같지 않아 더 슬프다. 마음 밭은 황폐해질 대로 황폐해져서 쑥대만 뎅군다. 미쳐 날뛰는 마음을 차분히 가라앉혀 '나는 누군가? 어디로 가는가?'를 되물어야 할 때다.

세상이 각박한 것은 어느 시대나 같다. 중국의 명말청초는 이민족의 지배 아래 지식인들의 자존과 도덕적 삶에 대한 회의가 짙게 깔려 있던 고민의 시대였다. 앞이 안 보이는 세상에서 자기를 지켜내기 위한 그들의 안간힘이 청언 문학을 낳았다. 답답하기는 그때나 오늘이나 다를 게 없다. 오늘 아픈 내가 그때 아팠던 이들의 육성에 위안을 얻는다. 인간은 진화하는 존재가 아니다. 끝없는 되풀이를 반복할 뿐이다. 그런데 우리 쪽 사정이 더 절박하니 딱하다.

이 책은 1997년 솔출판사에서 『마음을 비우는 지혜』란 이름으로 출간된 적이 있다. 절판된 지 오래된 것을 이번 참에 체재를 다시 흔들어 평설을 고쳐 쓰고 편집도 대폭 바꿔 면모를 일신했다. 18년이 지났는데도 세상살이의 형편은 조금도 나아지지 않고 더 나빠졌다. 재출간의 용기를 내게 된 이유다. 대방의 질정을 청한다.

2015년 가을
행당서실에서 정민

차례

1장

나는 또한 한갓 티끌에 불과한 것을

탐욕의 길, 무욕의 삶

인간의 욕망은 끝이 없다. 집 옆에 집이 있고, 밭 밖에 밭이 있으며, 벼슬 위에 벼슬이 있고, 몸 뒤에 몸이 있다. 때문에 집이 커지면 이를 유지하기 위한 노력 또한 커지고, 지위가 높아지면 바람 또한 높아진다. 지녔던 땅을 잃고는 되찾기를 바라고, 되찾고 나서는 다른 땅을 찾기 원한다. 인생은 짧은데 바람은 늘 많다. 차라리 세 집 사는 작은 마을에서 온갖 일 던져두고 초연함만 같지 못하리라.

欲果無邊: 宅畔有宅, 田外有田, 官上有官, 身後有身. 故家彌大而經
욕 과 무 변   택 반 유 택   전 외 유 전   관 상 유 관   신 후 유 신   고 가 미 대 이 경

營亦大, 位彌高而願望亦高. 失隴望隴, 得隴望蜀. 世短意常多,
영 역 대   위 미 고 이 원 망 역 고   실 롱 망 롱   득 롱 망 촉   세 단 의 상 다

翻不如三家村裏省事漢撒脫. 『축자소언』
번 불 여 삼 가 촌 리 성 사 한 별 탈

없을 때는 저것만 가졌으면 소원이 없겠다 싶어도, 막상 저것을 갖고 보면 이번엔 이것이 갖고 싶다. 이것을 손에 넣고 보니, 이것과 저것은 눈에도 뵈지 않고 다시 그것을 갖고 싶다. 아! 끝없는 욕망의 바다를 건너, 일을 줄여 번뇌를 없애고 무위 속에 도연(陶然)한 삶의 기쁨을 찾자.

늙어가매 온갖 인연 부질없음 깨달으니, 옳다 그르다 나와 무슨 상관이리. 봄 오매 날 붙드는 한 가지 일이 있어, 꽃 피고 지는 소식에 마음을 기울인다.

老去自覺萬緣都盡, 那管人是人非 ; 春來尙有一事關心, 只在花開
노 거 자 각 만 연 도 진　　나 관 인 시 인 비　　춘 래 상 유 일 사 관 심　　지 재 화 개
花謝. 『파라관청언』
화 사

'만사수연시대안락법(萬事隨緣是大安樂法)', 세상만사는 인연 따라 사는 것이 안락(安樂)의 대법(大法)이다. 그러나 그 인연이란 것도 돌아보면 하잘것없다. 사랑하던 이도 내 곁을 떠나가고, 미워하던 감정도 생각하면 덧없다. 어제의 진실이 오늘엔 배격되고, 오늘의 악인이 내일엔 의인 대접을 받는다.

그래도 마음에 남아 자꾸만 신경이 가는 일이 있다. 얼었던 대지에 피가 돌아 꽃 피고 새 우는 소식만은 무심할 수가 없다. 꽃 피면 설레고 꽃 지면 서운한 가슴만은 어쩔 도리가 없다.

달팽이는 벽을 타고 올라가며 체액이 마르기 전에는 그만두지 않는다. 탐욕스런 사람이 이익을 구하는 것도 제 몸이 죽기 전에는 그치지 않는다.

蝸牛升壁, 涎不干不止; 貪人求利, 身不死不休. 『서암췌어』
와 우 승 벽 연 불 간 부 지   탐 인 구 리   신 불 사 불 휴

달팽이는 체액이 마르는 것도 모른 채 벽을 타고 기어오른다. 이익을 향한 인간의 탐욕도 이와 같다. 결국 수분이 말라 꼭대기에서 달팽이가 말라 죽듯이, 인간도 끝내 욕망으로 제 몸을 태워 죽이고 만다.

벼슬길을 향한 마음이 지나치게 강하면 마치고 물러나야 할 때에
도 그냥 물러나지 못하고, 삶에 대한 애착이 너무 지나치면 죽을 때
도 그저 죽지 못한다. 심하구나! 담백한 가운데 맛이 있거늘.

宦情太濃, 歸時過不得; 生趣太濃, 死時過不得. 甚矣! 有味于淡也.
환 정 태 농 귀 시 과 부 득 생 취 태 농 사 시 과 부 득 심 의 유 미 우 담 야

『안득장자언』

갈 길을 알고 가는 사람의 뒷모습은 아름답다. 그러나 갈 길을
모르기에 물러나야 할 자리에서도 그것을 놓기가 싫어 추한 꼴
을 보이고야 만다. 그런 사람일수록 자기가 아니면 아무 일도 되
지 않는다는 착각에 빠져 산다. 삶에 대한 애착이야 없는 이가 없
겠지만, 삶을 마치는 그날까지 영원히 죽지 않을 것처럼 아등바
등하다가 쓸쓸하게 죽음을 맞는다. 그런 욕심 다 던져둔 담담함
을 그가 지닐 줄만 알았더라면 좋았을 것을.

사람은 일곱 자의 몸뚱이를 지니고 있지만 이 마음과 이 이치를 제하고 나면 귀하다 할 만한 것이 없다. 온통 한 껍데기의 피고름이 큰 뼈 덩어리를 감싸고 있을 뿐이다. 배고프면 밥 먹고 목마르면 술 마신다. 옷을 입을 줄도 알고 음탕한 욕심을 채울 줄도 안다. 가난하고 천하게 살면서도 부귀를 사모하고, 부귀롭게 지내면서도 권세를 탐한다. 성날 때는 싸우고 근심이 생기면 슬퍼한다. 궁하게 되면 못하는 짓이 없고, 즐거우면 음란해진다. 무릇 백 가지 하는 바가 한결같이 본능만을 따르니, 늙어 죽은 뒤에야 그만둘 따름이다. 그렇다면 이를 짐승이라 말하여도 괜찮을 것이다.

人具七尺之軀, 除了此心此理, 便無可貴, 渾是一包膿血裏一大塊骨
인 구 칠 척 지 구   제 료 차 심 차 리   변 무 가 귀   혼 시 일 포 농 혈 리 일 대 괴 골
頭. 饑能食, 渴能飮, 能着衣服, 能行淫欲. 貧賤而思富貴, 富貴而
두   기 능 식   갈 능 음   능 착 의 복   능 행 음 욕   빈 천 이 사 부 귀   부 귀 이
貪權勢. 忿而爭, 憂而悲. 窮則濫, 樂則淫. 凡百所爲, 一信氣血,
탐 권 세   분 이 쟁   우 이 비   궁 즉 람   낙 즉 음   범 백 소 위   일 신 기 혈
老死而後已. 則命之曰禽獸, 可也. 『백사자』
노 사 이 후 이   즉 명 지 왈 금 수   가 야

세상 온갖 일을 온통 육체의 욕망에 따라 행동하는 자들이 많다. 그들에게서는 비릿한 냄새가 난다.

사람이 죽지 않을 수 없다는 것은 늙은이나 젊은이나 누구나 다 아는 사실이다. 그러나 내가 소란스레 바쁜 세상 사람들을 볼 때 자기가 죽는다는 사실을 잊고 있는 사람이 많다.

人不能無死, 老少所共知也. 然吾觀攘攘者, 忘其死者多矣.
인 불 능 무 사 노 소 소 공 지 야   연 오 관 양 양 자 망 기 사 자 다 의

『산화암총어』

빈손으로 왔다 가는 인생이 무엇을 이루려고 저리 바쁜가. 그들이 세우는 계획을 보면 마치 천 년은 살다 갈 것으로 생각하는가 싶다. 결국 남은 것은 이뤄지지 않은 그 계획과 허망한 욕심뿐이다.

사람이 단지 탐욕스레 사사로운 욕심 채우기만을 생각한다면 굴심은 사라져 나약하게 되고, 지혜는 막히어 어둡게 된다. 은혜가 변하여 원수가 되고, 깨끗함은 물들어 더럽게 되어, 일생 동안 쌓아놓은 인품을 무너뜨리게 되리라. 그런 까닭에 옛사람은 욕심 부리지 않음을 보배로 삼아 한 세상을 초연히 지나갔던 것이다.

人只一念貪私, 便銷剛爲柔, 塞智爲昏, 變恩爲慘, 染潔爲汚, 壞了
인 지 일 념 탐 사 변 소 강 위 유 색 지 위 혼 변 은 위 참 염 결 위 오 괴 료
一生人品. 故古人以不貪爲寶, 所以度越一世. 『채근담』
일 생 인 품 고 고 인 이 불 탐 위 보 소 이 도 월 일 세

사람은 끝을 보라는 말이 있다. 일생 올바른 삶을 살아오다가 한순간에 제 손으로 그것을 허무는 사람들이 있다. 욕망과 탐욕은 독버섯과 같다. 한 번 포자를 터뜨리면 왕성한 생명력으로 번져나간다. 그리하여 이전에 미덕으로 여겼던 소중한 가치들과 아름다운 인연들을 제 손으로 매몰차게 끊어버린다. 그 욕망의 끝은 대개 스스로는 보지 못한다. 고개를 문득 돌려 사태의 심각성을 깨달았을 때는 이미 늦었다.

땅에 더러운 것이 있으면 쓸어낼 뿐이고, 옷에 더러움이 있으면 씻어낼 따름이다. 쓸어내고 씻어내지 않으면 오히려 그 더러움과 지저분한 것이 허물이 된다. 오직 허물을 고치는 것도 또한 이러하다.

地有穢, 掃之而已矣; 衣有垢, 洗之而已矣. 未有旣掃旣洗, 而猶罪
지유예 소지이이의 의유구 세지이이의 미유기소기세 이유죄
夫穢與垢者也. 惟改過亦然. 『분향록』
부예여구자야 유개과역연

마당에 오물이 떨어져 있으면 빗자루로 쓸어내어 발에 그 더러움이 묻지 않게 한다. 옷에 오물이 묻으면 깨끗이 빨아서 다시 입는다. 오물이 묻은 옷을 입고 다니면 그 사람까지 더럽게 보인다. 정작 내 몸이 깨끗해도 사람들은 옷에 묻은 오물로 나를 판단한다. 허물이 없는 사람이 어디 있겠는가? 허물이야 누구나 지니고 살지만 허물이 있을 때 그것을 바로잡아야 그 허물이 내게 누(累)가 되지 않는다. 그래서 공자께서는 "허물이 있으면 고치기를 꺼려해서는 안 된다[有過勿憚改]"고 말씀하셨다.

선비가 답답함이 있을 때는 끙끙 안타까운 소리를 내며 뜻을 얻지 못함을 한탄한다. 그런데 이른바 뜻을 얻는다는 것은 이름이 과거 합격자 명단에 걸리고 몸이 높은 지위에 오르며 아름다운 소리와 빛깔, 재물과 이익이 자기 앞에 모두 이르는 것일 뿐이다. 슬프다! 이런 것으로 뜻을 삼으니 어찌 일곱 자의 몸뚱이를 저버림이 있지 않겠는가.

士子鬱鬱時, 發牢騷語, 恨不得志. 所謂得志者, 不過名挂科目, 身
사 자 울 시   발 뇌 소 어   한 부 득 지   소 위 득 지 자   불 과 명 괘 과 목   신
居職位, 聲色貨利畢來于前耳. 嗚呼! 以此爲志, 豈不有負七尺之軀耶?
거 직 위   성 색 화 리 필 래 우 전 이   오 호   이 차 위 지   기 불 유 부 칠 척 지 구 야

『강주필담』

선비의 품은 뜻이, 이루고자 하는 소망이 고작 해야 잘 먹고 잘
살고 출세하는 것이라면 조금은 슬프지 않은가?

보통 백성이라도 즐겨 덕과 은혜를 베푼다면 바로 벼슬 없는 재상이라 하겠고, 사대부가 한갓 권세만을 탐내고 윗사람의 총애만을 구한다면 마침내는 벼슬 있는 거지가 될 것이다.

平民肯種德施惠, 便是無位的公相. 士夫徒貪權市寵, 竟成有爵的
평 민 긍 종 덕 시 혜　　변 시 무 위 적 공 상　　사 부 도 탐 권 시 총　　경 성 유 작 적

乞人. 『채근담』
걸 인

지위는 무엇으로 나뉘어지는가. 베풀기 어려운 처지에서도 기꺼이 베풀 줄 아는 이가 있고, 베풀어야 할 위치에서도 매정하게 고개를 돌리는 사람도 있다. 남에게 베풂으로써 그 가난이 더욱 빛나고, 이욕에 집착함으로써 그 자리가 더욱 민망하게 된다.

이기기 좋아하는 자는 반드시 지게 마련이다. 건강을 과신하는 자는 병에 잘 걸린다. 이익을 탐하는 자는 해악이 많고, 명예를 탐하는 자는 훼방이 뒤따른다.

好勝者必敗, 恃壯者易疾, 漁利者害多, 鶩名者毁至. 『형원진어』
호 승 자 필 패 시 장 자 이 질 어 리 자 해 다 목 명 자 훼 지

이기기만 좋아하는 사람은 패배 앞에 너무 쉽게 무너진다. 건강을 과신타가 중병을 앓는 경우도 많이 본다. 이익인 줄 알고 덤벼들었다가 번번이 손해만 본다. 명예를 탐하다가 비방만 받기도 한다. 승리가 좋고 건강이 좋고 이익이 좋고 명예가 좋지만 그 좋아함이 지나치니 병통이 된다.

지리멸렬하고 패악스러움은 천고토록 깨지 않는 술 취함이고, 뒤죽박죽 치우쳐 편벽됨은 일생 동안 고치지 못할 병이다.

支離狂悖, 千古不醒之醉也. 顚倒頗僻, 一生不起之病也. 『소창자기』
지리광패 천고불성지취야 전도파벽 일생불기지병야

육신의 병은 쉬 고쳐도 마음의 병은 고치기 어렵다. 잠시도 가만있지 못하고 부딪쳤다 하면 싸움질이나 벌이는 광망한 인간은 늘 술에 취해 제정신을 차리지 못하는 주정뱅이나 같다. 엎어지는지 자빠지는지도 모른 채 기준도 없이 제멋대로 이랬다저랬다 하는 인간은 불치의 고질병에 걸린 환자다. 백약이 무효하다.

옷이 낡으면 새것으로 바꾸려 들면서도 나이 들어 제 한 몸은 버리려 들지 않으니, 물건을 쓰는 데는 통달하였으면서 나 자신을 씀에는 인색한 것이다. 천지가 나를 보는 것 또한 해진 옷의 종류일 뿐임을 알지 못하는구나.

衣敝則欲新之, 年頹則不欲舍之, 達于用物, 吝于用我. 不知天地
의 폐 즉 욕 신 지   연 퇴 즉 불 욕 사 지   달 우 용 물   인 우 용 아   부 지 천 지
視我, 亦敝衣之類耳. 『회심언』
시 아   역 폐 의 지 류 이

옷이 해지면 버리고 새 옷을 찾으면서, 제 몸이 낡아 쓸모없게 되면 훌훌 털어버릴 줄 모른다. 천년만년 살겠다고 오히려 제 명을 재촉한다. 천지간에 살아가는 나는 또한 한갓 티끌에 불과한 것을.

눈에 티가 들어가면 견딜 수 없고, 이빨 사이에 조그만 것이 끼더라도 참을 수가 없다. 내 소유가 아니기 때문이다. 그런데 어찌하여 마음속에 그 많은 가시를 지니고서도 오히려 아무렇지도 않을 수 있단 말인가?

目不容一塵, 齒不容一芥, 非我固有也. 如何靈臺內, 許多荊棘, 却自
목 불 용 일 진   치 불 용 일 개   비 아 고 유 야   여 하 영 대 내   허 다 형 극   각 자
容得. 『신음어』
용 득

제 눈에 티끌 하나 들어가도 눈이 빨갛게 되도록 비벼대고, 이빨 사이에 조그만 찌꺼기가 끼더라도 이쑤시개를 찾느라 부산하면서, 마음속에 돋아난 그 많은 가시들은 왜 못 보는가? 그 가시가 찔러대는 아픈 상처들을 왜 외면하는가?

청정하던 땅에 갑자기 똥을 버리면 파리 떼가 몰려들어 내쫓아
도 다시 달라붙지만 하루가 지나고 나면 적막히 어디로 갔는지도
알 수가 없다. 세상 사람들이 권세와 이익을 향해 붙좇는 것도 이
와 같다.

清淨地忽有遺矢, 蠅蚋營營, 驅之復集, 一旦旣盡, 寂不知其何往矣.
청 정 지 홀 유 유 시   승 예 영 영   구 지 부 집   일 단 기 진   적 부 지 기 하 왕 의
世人之于勢利如此. 『강주필담』
세 인 지 우 세 리 여 차

권세와 이욕을 향한 집착은 똥덩이를 향해 달라붙는 파리 떼
와 같다. 단물을 다 빨고 나면 거들떠보지도 않는다.

지난날은 하염없고 장차 올 날도 끝이 없다. 우리네 백년 인생을 돌이켜 보면 전광석화와 다름이 없다. 귀한 사람 또한 죽고 부자도 역시 죽어 마침내는 모두 스러져 돌아가니 어이해 달팽이 뿔 위에서 파리 대가리를 가지고 다투는가!

去日無窮, 來日無窮, 顧此百年, 何異電光石火; 貴人亦死, 富人亦死,
거 일 무 궁 내 일 무 궁 고 차 백 년 하 이 전 광 석 화 귀 인 역 사 부 인 역 사
終歸一盡, 何須蝸角蠅頭!『원구소화』
종 귀 일 진 하 수 와 각 승 두

전광석화와 같이 왔다가 사라지는 것이 우리네 인생이다. 부귀의 사람도 빈천의 사람도 언젠가는 모두 흙으로 돌아간다. 흙이 되기는 매일반인데 어찌 조그만 이익을 탐해 그 허망한 싸움을 그칠 줄 모르는가?

불법에서는 탐욕과 성냄을 가장 경계한다. 그러나 부처에 아첨하는 자는 탐욕과 성냄이 더욱 심하다. 왜 그런가? 부처에게 아첨하는 자는 복과 이익을 구하려고 생각한다. 이는 탐욕의 마음이 먼저 있고 그 뒤에 부처에게 아첨하기 때문이다. 탐욕을 부려 얻지 못한다면 어찌 성내지 않는 자가 있겠는가?

佛法首戒貪嗔. 而凡佞佛者, 貪嗔更甚. 何也? 其所以佞佛者,
불 법 수 계 탐 진   이 범 녕 불 자   탐 진 갱 심   하 야   기 소 이 녕 불 자
想求福利也; 是先有貪心而後佞佛也, 貪而不得, 焉有不嗔者乎?
상 구 복 리 야   시 선 유 탐 심 이 후 녕 불 야   탐 이 부 득   언 유 부 진 자 호

『독외여언』

불가에서는 탐(貪)·진(嗔)·치(痴)를 삼독(三毒)이라 하여 수행에 번뇌를 일으키는 세 가지 독소로 여긴다. 물건에 집착하는 탐욕의 마음, 평정을 깨뜨리는 분노, 판단을 흐리는 어리석음이 그것이다. 혹 내가 불전에 나아가 바라고 기원한 것은 나만 잘 먹고 잘살게 해달라는 탐욕은 아니었을까? 그 탐욕을 이루지 못하면 그것은 성냄의 마음으로 변하고 만다. 내 마음은 지혜를 떠나 어리석음 속에 떨어지고 만다.

불법(佛法)에 귀의해 놓고서 여색을 좋아하고 재물을 탐하면 죄의 업보가 도적질보다 깊다. 학문에 힘쓴다면서 시속(時俗)을 불좇아 이익을 추구하면 마음이 구멍을 뚫거나 담을 넘어가는 도둑처럼 어둡게 될 것이다.

倚空門而好色貪財, 罪業深于盜劫. 藉講學以趣時射利, 心術暗若
의 공 문 이 호 색 탐 재　죄 업 심 우 도 겁　자 강 학 이 추 시 사 리　심 술 암 약

穿窬. 『일득재쇄언』
천 유

마음을 비우자고 불법에 귀의하고는 마음속으로 재색(財色)을 향한 욕망만 키운다. 자기를 닦고자 성현의 학문에 힘쓴다면서 재물의 허망한 탐욕을 키운다. 도적놈 심보다. 절 문을 제 발로 걸어 나서든지 서책을 손에서 놓을 일이다. 그런다고 그 탐욕이 나아지진 않겠지만 가증스러움만은 조금 덜 수 있지 않겠는가? 그 중에서도 가장 가증스러운 것은 추악한 제 속을 감추려고 성현의 말을 빌려 교언영색을 꾸며대는 것이다.

겉으로 여유가 있으면서 안이 부족하기보다는 차라리 안으로
여유가 있으면서 겉이 부족한 것이 낫다. 아! 안과 밖의 가볍고 무
거운 나뉨을 능히 아는 자가 또한 드물구나.

與其外有餘而內不足, 何如內有餘而外不足也. 嗚呼! 能知內外輕重
여기외유여이내부족　하여내유여이외부족야　오호　능지내외경중
之分者, 亦罕矣. 『미어』
지분자　역한의

겉보기는 번지르르한데 내실이 없다. 내실이 없고 보니 자꾸 겉
을 꾸며 부족한 제 속을 감추려 한다. 그런가 하면 곁에서 보기엔
부족함을 견디기 어려울 듯해도 정작 즐겁게 삶을 영위해 가는
사람도 있다. 겉보기의 넉넉함은 물질의 풍족으로 꾸밀 수 있지
만, 내면의 여유는 물질로는 꾸밀 수가 없다. 물질의 부족함이 내
면의 충만을 방해하지 못한다. 오히려 물질이 넉넉할수록 내면은
고갈되어 가는 이치를 알아야 한다. 배가 너무 부르면 머리가 맑
을 수가 없다.

'미(媚)'란 글자는 매우 운치가 있다. 다만 자연스레 해맑은 운치를 내면 아름다움이 그 자태를 온전히 드러내도, 요염함만 뽐내면 온통 추한 자태를 나타내게 될 뿐이다. 마치 부용꽃이 가을날에 아름답고 푸른 대가 맑은 잔물결에 고와 인위로 꾸민 자취를 찾지 못함과 같다.

媚字極韻. 但出以淸致, 則窈窕具見風神; 附以妖嬈, 則做作畢露醜
미 자 극 운   단 출 이 청 치   즉 요 조 구 견 풍 신   부 이 요 요   즉 주 자 필 로 추

態. 如芙蓉媚秋水, 綠筱媚淸漣, 方不着迹. 『소창자기』
태   여 부 용 미 추 수   녹 소 미 청 련   방 불 착 적

자연스레 우러나오는 해맑은 아름다움이 있고, 억지로 꾸민 작위적 아름다움이 있다. 후자는 아름다운 것이 아니라 아름다운 체하는 것이다. 가을 물 위로 봉긋 솟은 부용꽃, 졸졸졸 흐르는 시냇가의 대나무, 바람에 씻기고 물결에 씻긴 그런 아름다움이 좋다.

속마음 서로 훤히 비추어 보매 천하와 더불어 함께 가을 달빛 나누고 싶고, 의기가 서로 투합하니 천하와 더불어 따스한 봄바람 속에 앉아 있고 싶구나.

肝膽相照, 欲與天下共分秋月; 意氣相許, 欲與天下共坐春風.
간 담 상 조　욕 여 천 하 공 분 추 월　의 기 상 허　욕 여 천 하 공 좌 춘 풍

『소창자기』

내 마음은 온 천지를 비추는 가을 달이다. 주고받는 마음은 따사롭기가 봄바람이다. 가을 달 같은 정신, 봄바람 같은 마음, 온 세상 사람들과 함께 나누고 싶다.

마음이 툭 터져 시원하면 높은 지위에 많은 재물도 기와 조각과 한가지이다. 마음이 좁아 악착같으매 터럭 하나도 수레바퀴처럼 크게만 여겨진다.

心曠則萬鍾如瓦缶, 心隘則一髮似車輪. 『채근담』
심 광 즉 만 종 여 와 부 심 애 즉 일 발 사 거 륜

'일체유심조(一切唯心造)'라 했다. 마음먹기에 따라 극락과 지옥이 거기서 갈린다. 유한한 인생에 탐욕은 끝이 없어 결국은 제 몸을 망치고 나서야 그만두니 안타깝다.

능히 음식을 담백하게 먹는 자라야 바야흐로 특별한 맛을 맛볼 수 있다. 능히 저자의 시끄러움을 겪어본 자라야 바야흐로 이름난 산을 유람할 수 있다. 능히 꺾이고 닳아본 경험이 있는 자라야 바야흐로 공명에 처할 수가 있다.

能食淡飯者, 方許嘗異味; 能溷時囂者, 方許游名山; 能受折磨者,
능 식 담 반 자   방 허 상 이 미   능 혼 시 효 자   방 허 유 명 산   능 수 절 마 자
方許處功名. 『유몽속영』
방 허 처 공 명

고량진미(膏粱珍味)에 길들여진 혀로는 참맛을 알 수가 없다. 도회의 복잡함에 지친 영혼이 명산의 정취를 가슴으로 호흡한다. 굴곡 없는 삶으로는 우뚝한 공업(功業)을 세울 수가 없다.

아름다운 맛을 꿀떡 삼켜 먹어치우고, 기이한 경치를 서둘러 노닐어 마쳐버리며, 깊은 정을 얕은 말로 전해버리고, 좋은 날을 술과 밥으로 보내며, 부귀를 교만과 사치 속에 지내면 모두 조화의 본뜻을 잃은 것이다.

美味以大嚼盡之, 奇境以粗游了之, 深情以淺語傳之, 良辰以酒食
미 미 이 대 작 진 지   의 경 이 조 유 료 지   심 정 이 천 어 전 지   양 신 이 주 식
度之, 富貴以驕奢處之, 俱失造化本懷. 『유몽속영』
도 지 부 귀 이 교 사 처 지 구 실 조 화 본 회

후추를 통째 삼키는 자와 더불어 무슨 맛을 이야기하랴. 그들은 명산대천에서 호연지기를 기르기는커녕 고기를 구으며 고성방가를 내지른다. 순천(順天)의 조화를 어디 가 찾을까!

가난한 것은 부끄러운 것이 아니다. 정작 부끄러운 것은 가난하면서도 뜻을 세우지 못함이다. 천한 것은 미워할 것이 아니다. 정작 미워할 것은 천하면서도 능력이 없는 것이다. 늙음은 탄식할 것이 못된다. 탄식할 만한 것은 늙도록 헛사는 것이다. 죽는 것은 슬퍼할 것이 못된다. 정말 슬픈 것은 죽고 나서도 아무 들림이 없는 것이다.

貧不足羞, 可羞是貧而無志. 賤不足惡, 可惡是賤而無能. 老不足嘆,
분부족수　가수시빈이무지　천부족오　가오시천이무능　노부족탄
可嘆是老而虛生. 死不足悲, 可悲是死而無聞. 『신음어』
가탄시로이허생　사부족비　가비시사이무문

뜻이 있을진대 가난은 부끄러운 것이 아니다. 단지 불편할 뿐이다. 재능을 지녔다면 신분이 천하대서 미워할 일이 아니다. 높은 지위에 있으면서 무능한 인간보다 낫다. 늙어서도 헛되이 인생을 낭비하는 삶을 산다면 그 세월이 불쌍하지 않은가. 아무 이룬 것 없는 삶 끝에 맞는 죽음은 쓸쓸한 뒷맛을 남긴다. 그는 도대체 어떤 인생을 살았던가.

옳지 못한 부자가 되느니 청빈을 지킴만 못하다. 삶을 근심하기보다 죽음을 즐거워함이 낫다.

爲濁富, 不若爲淸貧; 以憂生, 不若以樂死. 『유몽영』
위 탁 부 불 약 위 청 빈   이 우 생   불 약 이 락 사

어짊으로 얻은 재물이 아닐진대 청빈을 달게 여길 일이다. 아등바등 살기만을 애쓰지 말고 낙천지명(樂天知命), 천명을 따라 기쁘게 죽음에 나아갈 수 있는 마음을 간수하자.

머리가 희어짐을 탓하지 말고 내 머리털이 다만 아무 하는 일도 없이 희어지는 것은 아닌지를 생각하라. 내게 호의로 대해주는 사람을 만나게 되거든 그가 무엇 때문에 저렇게 잘해주는지를 생각하라.

莫嘆白頭, 念我頭惟空白. 但逢靑眼, 思他眼爲何靑. 『일득재쇄언』
막 탄 백 두　염 아 두 유 공 백　단 봉 청 안　사 타 안 위 하 청

흰머리는 근심이 자란 것이라고들 한다. 세월 따라 희어지는 머리털을 어이하랴. 다만 그사이 내 삶이 아무 이룬 것도 없이 덧없게만 흘러가버리지는 않았는지 반성해 볼 일이다. 살다 보면 뜻밖의 호의와 만나는 수가 있다. 그 호의에 그저 감격하기보다 혹 그 속에 다른 저의가 도사린 것은 아닌지 돌아볼 일이다. 그렇지 않으면 때로 그 호의는 불시에 발목을 붙드는 덫이 된다.

아이 적엔 똑똑해도 늙으면 잘 잊고, 아이 적엔 즐겁지만 늙어서는 슬프기만 하다. 이 또한 한 몸 가운데서 조화가 옮겨가기 때문이다.

兒多慧, 老多忘; 兒多樂, 老多悲. 此亦一身中造化遷流. 『회심언』
아 다 혜 노 다 망 아 다 락 노 다 비 차 역 일 신 중 조 화 천 류

엊그제 일은 까맣게 기억이 나지 않는데, 몇십 년 전의 일은 너무도 또렷이 생각이 난다. 어린 시절은 언제나 기쁘고 좋은 일들뿐이었는데, 나이 들고 보니 스쳐가는 바람에도 공연히 눈물이 난다. 나는 그대로 나인데 세월이 다르구나.

우리는 때때로 죽어도 좋다는 마음을 지니지 않으면 안 된다.
또 걸음걸음마다 삶을 아끼는 일을 행하지 않아서도 안 된다. 때
때로 죽을 수 있다는 마음을 지니면 몸이 가벼워져 도를 향하는
마음이 절로 생겨나고, 걸음마다 삶을 아끼며 옳은 일을 행한다
면 성품이 착해져서 업보의 인연이 실추되지 않을 것이다.

吾輩不可不存時時可死之心, 不可不行步步求生之事. 存心時時
오 배 불 가 부 존 시 시 가 사 지 심   불 가 불 행 보 보 구 생 지 사   존 심 시 시
可死, 則身輕而道念自生; 行事步步求生, 則性善而業緣不墮.
가 사   즉 신 경 이 도 념 자 생   행 사 보 보 구 생   즉 성 선 이 업 연 불 타

『한여필화』

지금 여기서 삶을 마감해도 괜찮으리란 마음가짐을 지녀야 한
다. 삶이란 너무 소중하다는 마음도 잊어서는 안 된다. 기쁘게 죽
을 수 있기에 한낱 몸뚱이에 집착하여 도를 향한 마음을 그르치
는 법이 없다. 삶이 너무도 소중하므로 언제나 선행을 행하며 착
하게 산다. 소중한 삶이기에 함부로 행동하여 그 업보로 인연의
사슬을 끊어버리는 일이 없다.

사람이 늙은이의 입장에서 젊은이를 보고, 죽음을 생각하며 삶을 바라보며, 실패로부터 성공을 읽고, 초췌함에서 영화로움을 살펴본다면 마음이 안정되고 움직임이 절로 바르게 될 것이다.

人能自老看少, 自死看生, 自敗看成, 自悴看榮, 則性定而動自正.
인 능 자 로 간 소   자 사 간 생   자 패 간 성   자 췌 간 영   즉 성 정 이 동 자 정

『잠영록』

젊은이는 자꾸 혈기의 용맹을 찾는다. 삶에 대한 집착이나 성공하고 말겠다는 욕망이 판단을 그르치게 한다. 번듯한 좋은 것만 눈에 들어오고 다른 것은 도무지 성에 차지 않는다. 그러나 혈기를 가라앉힌 늙은이의 심경으로 젊은 나를 다시 한 번 생각해보자. 내일 죽음이 찾아올 것을 생각하며 삶의 태도를 가다듬자. 실패의 참담함을 성공했을 때의 마음가짐으로 삼자. 병들어 초췌했을 때를 기억하며 영화로움 속에 처해보자.

나는 살았을 때를 위한 계획을 세우는 자는 보았어도 죽을 때를 위한 계획을 세우는 사람은 보지 못했다. 나는 자손을 위한 계획을 세우는 자는 보았어도 자기 자신을 위한 계획을 세우는 사람은 보지 못하였다.

吾見有爲生計者矣, 未見有爲死計者也. 吾見有爲子孫計者矣,
오 견 유 위 생 계 자 의   미 견 유 위 사 계 자 야   오 견 유 위 자 손 계 자 의
未見有爲身計者也. 『사암연어』
미 견 유 위 신 계 자 야

한 치 앞도 못 내다보는 뜬 인생들이 공연히 천 년의 계획을 세우느라 부산하다. 눈앞의 이익에는 급급하면서도 신후(身後)의 평가는 애써 외면한다. 자손을 위한 큰 꾀에 골몰하느라 정작 제 한 몸의 허물은 눈감아버린다.

세상에 태어날 때는 몸뚱이뿐 아무것도 지닌 것이 없다. 죽는 것은 빈털터리라 터럭 하나도 지녀 가지 못한다. 눈앞에 남은 세월이 얼마나 된다고 마음속으로 그렇게 재고 따지는가!

生來赤赤條條, 不帶一物; 死去干干淨淨, 不挂寸絲. 目前幾許光陰,
생 래 적 적 조 조　부 대 일 물　사 거 간 간 정 정　불 패 촌 사　목 전 기 허 광 음
心上恁般計較! 『원구소화』
심 상 임 반 계 교

빈손으로 왔다가 빈손으로 가는 것이 인생이다. 몸뚱이 하나로 세상에 던져져서 욕심만 부리고 살다 간다. 무슨 아쉬움이 그리 남아서 천 년의 계책을 꿈꾸는가? 지니고 가지도 못할 재물과 이름을 향한 그 허망한 집착이 안쓰럽다.

나이가 들면 이빨이 빠지고 눈은 어두워지며 귀는 잘 들리지 않고 걸음을 떼기가 어렵다. 또한 이치의 반드시 그러한 바이다. 혹이 때문에 원망하고 탄식한다면 한갓 번뇌가 생겨날 뿐이다. 모름지기 인생이 다만 쉽게 이런 처지에 이르지는 못함을 알아야 한다. 이런 처지에 이른 것을 스스로 다행스럽게 여기지는 못할망정 어찌 원망하고 탄식한단 말인가?

年高則齒落目昏, 耳重聽, 步蹇澁, 亦理所必致. 乃或因是怨嗟,
연 고 즉 치 락 목 혼   이 중 청   보 건 삽   역 리 소 필 치   내 혹 인 시 원 차
徒生煩惱, 須知人生特不易到此地位耳. 到此地位, 方且自幸不暇,
도 생 번 뇌   수 지 인 생 특 불 이 도 차 지 위 이   도 차 지 위   방 차 자 행 불 가
何怨嗟之有?『노로항언』
하 원 차 지 유

욕심이 끝이 없다. 배고프면 한 그릇 밥을 찾다가, 배를 채우면 좋은 옷과 멋진 집이 갖고 싶다. 어여쁜 아내와 똑똑한 자식을 갖고 싶고, 재물이 보다 넉넉했으면 싶고, 병 없이 오래 살았으면 싶다. 나이 들어 병이 들면 제발 아프지만 않았으면 싶다. 지금까지의 삶도 고마운 줄 알아야 한다. 그 욕심이 채워지지 않는다 해서 하늘을 원망하고 남을 허물해서야 되겠는가?

일찍 혼인해야 한다고 말하지 말라. 혼인한 뒤로는 할 일이 적지 않다. 승려나 도사가 부럽다고 말하지 말라. 승려나 도사가 된 뒤에는 마음이 편치 않다. 다만 만족을 아는 이는 드르렁드르렁 코를 골며 새벽까지 달게 자고, 오직 한가로움을 즐길 줄 아는 이는 편안하게 늙음에 이른다.

莫言婚嫁蚤, 婚嫁後, 事不少. 莫言僧道好, 僧道後, 心不了.
막 언 혼 가 조   혼 가 후   사 불 소   막 언 승 도 호   승 도 후   심 불 료
惟有知足人, 鼾鼾直到曉. 惟有偸閑人, 憨憨直到老. 『암서유사』
유 유 지 족 인   한 한 직 도 효   유 유 투 한 인   감 감 직 도 로

혼인에는 그에 따르는 책임이 있다. 절에 사는 스님이 팔자 좋아 보여도 그 속에도 인간의 일이 다 있다. 족함을 알아 한가로움을 즐기는 것이 안락의 으뜸가는 방법이다.

장수를 누림은 오복 중에서도 으뜸간다. 노인으로 불리기만 해도 장수했다고 할 만하다. 여기에 더하여 배불리 먹고 따뜻하게 옷 입으며 지팡이 짚고 신 신고 즐거이 노닌다면 그 복을 얻음이 또한 두텁다 하겠다. 인간 세상의 일에 어찌 일정함이 있겠는가? 한 걸음 더 나아가려 들면 마침내 끝이 없고, 한 걸음 물러나자 하면 절로 남는 즐거움이 있다. 『도덕경』에서는 말했다. "족함을 알면 욕되지 않고, 그칠 줄 알면 위태롭지 않으니 오래도록 누릴 수가 있다."

壽爲五福之首, 旣得稱老, 亦可云壽. 更復食飽衣暖, 優游杖履,
수 위 오 복 지 수   기 득 칭 로   역 가 운 수   갱 부 식 포 의 난   우 유 장 리

其獲福亦厚矣. 人世間境遇何常? 進一步想, 終無盡時; 退一步想,
기 획 복 역 후 의   인 세 간 경 우 하 상   진 일 보 상   종 무 진 시   퇴 일 보 상

自有余樂. 道德經曰:"知足不辱, 知止不殆, 可爲長久."『노로항언』
자 유 여 락   도 덕 경 왈   지 족 불 욕   지 지 불 태   가 위 장 구

'조금만 더' 하고 바라기만 한다면 만족은 없다. '이만하면' 하는 마음속에 절로 남는 즐거움이 깃든다. 족함을 알아 욕됨을 모르고 그칠 줄 알기에 위태롭지 않으니 이 삶이 가뜬하지 않은가.

『논어』에서 말했다. "나이 들어서는 얻음을 경계하라." 재물과 이익은 물리치기가 어렵다. 또 생각하면 지난날은 아득하고 살날은 얼마 안 남았으니 비록 금과 옥을 쌓아둔들 어디에다 쓰겠는가? 하지만 함부로 낭비하여 제 몸 건사하기에도 부족하게 되어 먹고사느라 애를 써야 한다면 이 또한 몹시 괴로운 일이다. 그러기에 절약과 검소 이 두 단어는 언제고 잊어서는 안 된다.

語云: "及其老也, 戒之在得." 財利一關, 似難打破. 亦念去日已長,
어운   급기로야   계지재득   재리일관   사난타파   역념거일이장
來日已短, 雖堆金積玉, 將安用之? 然使恣意耗費, 反致奉身匱乏,
내일이단   수퇴금적옥   장안용지   연사자의모비   반치봉신궤핍
有待經營, 此又最苦事. 故節儉二字, 始終不可忘. 『노로항언』
유대경영   차우최고사   고절검이자   시종불가망

『논어(論語)』「계씨(季氏)」에 나오는 말이다. 노탐(老貪)만큼 사람을 추하게 만드는 것이 없다. 곁에 있던 사람을 모두 떠나게 만든다. 얼마 남지 않은 삶에 무슨 호사를 누려보겠다고 금옥(金玉)의 욕망에 그다지 집착한단 말인가. 그렇지만 젊은 날을 허랑방탕하게 낭비해버리고, 다 늙어 입에 호구할 계책도 없다면 그보다 더 딱한 노릇도 없다. 절약과 검소만이 이 두 가지 병통에서 벗어나게 해준다.

사치스럽다는 것은 단지 쓰는 정도가 지나치게 넘치는 것만을 말하지 않는다. 무릇 많이 보고 많이 듣고 많이 말하고 많이 움직이는 것이 모두 하늘이 낸 물건을 함부로 해치는 짓이다.

奢者不特用度過侈之謂, 凡多視多聽多言多動, 皆是暴殄天物.
사 자 불 특 용 도 과 치 지 위 범 다 시 다 청 다 언 다 동 개 시 폭 진 천 물

『안득장자언』

보고 듣고 말하고 행동하는 것이 절제가 없이 정도에 넘치는 것이 사치다. 보고 듣는 데서 끝나지 않고 말로 옮기고 본떠 행동한다. 그 방종의 끝은 파멸뿐이다. 방종의 끝은 저 혼자만 망하지 않고 주변까지 같이 끌어들인다.

젊은이는 마음이 바빠야 한다. 바쁘면 뜬 기운이 가라앉는다. 늙은이는 마음이 한가로워야 한다. 한가해야 남은 해를 즐길 수 있다.

少年人要心忙, 忙則攝浮氣. 老年人要心閑, 閑則樂余年. 『취고당검소』
소년인요심망 망즉섭부기 노년인요심한 한즉락여년

할 일 많은 젊은이가 한가로움만을 추구하니 애늙은이가 된다. 늙어서도 욕심을 지우지 못해 마음만 더 바빠지니 노추(老醜)의 허물이 뒤따른다. 그중에서도 가장 추한 것이 늙어서도 줄어들 줄 모르는 탐욕, 나 아니면 안 된다는 독선이다.

젊은 시절에는 편안한 환경에 안주해서는 안 되고 늙어서는 역경에 처해서는 안 된다. 중년에는 한가로운 경계에 놓임이 좋지 않다.

少年處不得順境, 老年處不得逆境, 中年處不得閑境. 『유몽속영』
소 년 처 부 득 순 경 노 년 처 부 득 역 경 중 년 처 부 득 한 경

젊은 날의 득의는 교만을 부른다. 자족의 교만은 실패를 낳는다. 예기(銳氣)가 이미 꺾인 노경에는 역경을 피해 가라. 그렇지 않으면 그 역경이 그를 거꾸러뜨리고 말 것이다. 중년에 벌써 한가로움을 추구함은 옳은 태도가 아니다. 씩씩한 기상을 녹여 없애 그를 쉬 늙은이로 만들어버린다.

사람이 만년의 절개를 간직하지 못하는 것은 둘로 갈라져서가 아니라 타고난 바탕이 드러난 것일 뿐이다. 때문에 공경하되 성실로 하지 않으면 크게 그르치게 되고, 어울리되 성실로 하지 않으면 진짜 위선자가 된다.

人有晚節不終者, 非是兩截, 蓋本色才露耳. 故恭不誠, 則爲大機械,
인 유 만 절 부 종 자　비 시 양 절　개 본 색 재 로 이　고 공 불 성　즉 위 대 기 계
和不誠則爲眞鄕愿. 『형원소어』
화 불 성 즉 위 진 향 원

끝이 좋으면 다 좋다는 말이 있다. 어떤 이는 평생 잘해오던 일을 만년에 한꺼번에 무너뜨리고, 또 어떤 이는 끝에 가서 전날의 잘못을 깨달아 좋게 마무리하기도 한다. 진실이 결여된 공경, 마음이 떠난 조화는 차라리 내놓고 나쁜 짓을 함만 못하다. 그 겉꾸밈이 남을 상하게 할 뿐 아니라 자신의 끝을 망친다.

나이 들수록 더욱 뜻을 떨칠 일이다. 뜻은 기운을 통솔하는 장수와 같다. 뜻이 있으면 기운은 쇠하지 않는다. 때문에 자기가 늙는 줄도 모르게 된다.

老來益當奮志. 志爲氣之帥. 有志則氣不衰, 故不覺其老. 『형원진어』
노 래 익 당 분 지   지 위 기 지 수   유 지 즉 기 불 쇠   고 불 각 기 로

나이 들어 나대는 것처럼 꼴불견이 없지만 주눅 들어 의기소침한 것보다는 낫다. 늙을수록 뜻을 더욱 장하게 지닐 일이다. 가슴속에 뜻이 살아 있어야 범접할 수 없는 기상이 드러난다. 기상을 지녀 늙음이 장차 내게 오는 줄 몰라야 한다.

가을 벌레와 봄 새는 능히 가락에 맞춰 노래해 때로 좋은 소리를 낸다. 우리들은 붓을 잡고 글을 쓰면서 어이하여 깍깍 대는 까마귀 울음과 씨근덕거리는 소의 거친 숨소리를 내는가?

秋蟲春鳥, 尙能調聲弄舌, 時吐好音. 我輩搦管拈毫, 豈可作鴉鳴
추 충 춘 조   상 능 조 성 롱 설   시 토 호 음   아 배 닉 관 념 호   기 가 작 아 명
牛喘?『유몽영』
우 천

내가 쓰는 문장이 귀에 거슬리는 까마귀의 울음소리나 몰아쉬는 소의 거친 숨소리처럼 들리지는 않을까? 저 자연의 노래는 우리의 귀를 즐겁게 하는데, 심력을 쏟아부어 지은 문장이 남에게 괴로움만 안겨주니 안타깝다. 문장이 그리되는 까닭은 어깨에 지나치게 힘이 들어 있거나 없는 그 무엇을 뽐내려 들기 때문이다.

가장 만족스러운 일은 배고플 때 먹는 한 그릇 밥만 한 것이 없다. 마음에 가장 흡족한 때는 단잠을 자는 것보다 나은 것이 없다. 바라는 것이 기본적 욕구보다 지나치면 넘치게 되어 아득해지고 만다.

快欲之事, 無如饑餐; 適情之時, 莫過甘寢. 求多于情欲, 卽侈汰亦茫
쾌 욕 지 사 무 여 기 찬 적 정 지 시 막 과 감 침 구 다 우 정 욕 즉 치 태 역 망

然也. 『소창자기』
연 야

시장할 때 먹는 한 그릇 밥과 피곤에 지친 이의 단잠은 꿀맛이다. 한술 밥의 고마움과 달콤한 잠의 소중함을 알게 해준다. 하지만 정도에 지나치면 언제나 문제가 생긴다. 정도가 넘어 방종에 이르면 아득히 자신마저 잃고 만다.

세월이 짧다지만 고요한 사람에겐 길기만 하고 세월이 많지 않아도 바쁜 사람에겐 더욱 짧다. 정신이 하늘의 운행을 따른다면 하루가 백 년과 나란하고 뜻이 사물을 따라 옮겨 가면 백 년도 오히려 하루와 같다. 그러므로 동릉(東陵)에 묻힌 도척(盜跖)의 혈기는 그때에 벌써 죽고 없지만 누추한 골목길에 숨어 살던 안회(顔回)의 정신은 오늘까지도 살아 있다.

光陰雖短, 靜者自長; 歲月無多, 忙人更促. 神隨天運, 一日可當百
광음수단 정자자장 세월무다 망인경촉 신수천운 일일가당백
年, 意逐物移, 百年猶如一日. 故東陵之血氣, 當時已死; 陌巷之精神,
년 의축물이 백년유여일일 고동릉지혈기 당시이사 누항지정신
今日猶生. 『원구소화』
금일유생

하루가 백 년 같은 삶이 있고 백 년이 하루 같은 삶이 있다. 얼마 안 가 스러져 없어질 몸이나 정신의 불빛만은 백 대 후에도 꺼지지 않는다. 나는 어떤 삶을 살아야 옳을까?

오래 살기를 원한다면 하루하루를 아끼는 것만 함이 없다. 그 가치는 크고 귀한 보옥(寶玉)에 비유하더라도 충분치가 않다. 능히 하루하루를 아낄 수만 있다면 하루가 이틀이 될 수 있고, 백 년이 천 년이 될 수 있다.

祈年莫若愛日. 尺璧千金, 未足爲喩. 能愛日, 可使一日爲兩日,
기 년 막 약 애 일   척 벽 천 금   미 족 위 유   능 애 일   가 사 일 일 위 양 일

百年爲千載. 『축자소언』
백 년 위 천 재

누구나 오래 살기를 원한다. 불로(不老)의 꿈을 이루기 위해서라면 천금도 아깝지가 않다. 그러나 장수의 비결은 그날 하루하루를 아껴 쓰는 데 있다. 하루를 아껴 이틀로 쓰면 일 년을 살아도 이 년을 산 것과 같고, 오십 년을 살면 백 년을 산 셈이 된다. 그저 아무 일도 하지 않으면서 백 년을 산다면 그 백 년은 얼마나 끔찍한 세월이겠는가? 도리어 빨리 죽기만을 바라게 될 것이다.

내 한 몸만 해도 어렸을 때가 젊을 때만 같지 않고 젊었을 때가 늙었을 때만 같지 않다. 내 죽은 뒤 어찌 능히 아들이 아비를 닮고, 손자가 할아비를 닮기를 바라겠는가? 이렇기를 바라는 것은 모두 망상일 뿐이다. 내가 마음을 다해 할 수 있는 것은 다만 좋은 모습을 남겨 자손에게 전해주는 것뿐이다.

吾之一身, 常有少不同壯, 壯不同老. 吾之身後, 焉有子能肖父,
오지일신　상유소부동장　장부동로　오지신후　언유자능초부

孫能肖祖. 如此期必, 盡屬妄想. 所可盡者, 惟留好樣與兒孫而已.
손능초조　여차기필　진속망상　소가진자　유류호양여아손이이

『취고당검소』

젊은 날을 돌아보면 부끄럽기 짝이 없다. 그때는 그것이 부끄러운 일인 줄을 몰랐다. 내 삶은 나이 들면서 조금씩 더 원숙해져 왔다. 그러나 죽고 나면 모든 것은 처음부터 새로 시작된다. 내가 이룬 것은 나에게서 끝이 난다. 내 아들로 이어지고 내 손자에게 이어질 리 없다. 다만 좋은 삶의 표양(表樣)을 남겨 그들이 이를 보고 따라올 수 있기만을 바랄 뿐이다.

찬란한 노을이 아름다워도 잠깐 사이에 스러지고 만다. 흐르는 물소리가 듣기 좋지만 듣고 나면 그뿐이다. 사람이 찬란한 노을을 통해 여색을 살핀다면 허물이 가벼워지리라. 사람이 흐르는 물에서 거문고 소리를 들을 수만 있다면 정신에 유익함이 있으리라.

明霞可愛, 瞬眼而輒空; 流水堪聽, 過耳而不戀. 人能以明霞視美色,
명 하 가 애   순 안 이 첩 공   유 수 감 청   과 이 이 불 연   인 능 이 명 하 시 미 색
則孼障自輕; 人能以流水聽弦歌, 則性靈何害. 『파라관청언』
즉 얼 장 자 경   인 능 이 류 수 청 현 가   즉 성 령 하 해

노을에 도취되지 말라. 허상일 뿐이다. 흐르는 물이 들려주는 노래에 빠지지 말라. 떠나오면 남는 것이 없다. 아름다운 여인에게 마음이 쏠리는 것은 찬란한 노을에 마음을 빼앗기는 것과 같다. 잠시 후면 스러지고 없다. 그래도 저 혼자 울며 가는 시냇물의 노래는 들을 때마다 내 마음에 건강한 호흡을 불어넣는다. 나는 항상된 것들을 사랑한다.

사람이 깊이 생각지 않으면 인생이 슬픈 줄을 모른다. 곰곰이 생각지 않고는 인생이 즐길 만함을 알지 못한다. 우리네 인생이 슬픈 줄을 아는 사람과는 더불어 티끌세상을 향한 마음을 깨뜨릴 수가 있고, 우리네 인생이 즐거운 줄을 아는 사람과는 함께 허무의 가르침을 깨뜨릴 수가 있다.

人不極思, 不知吾生之可哀, 人不極思, 不知吾生之可樂. 知哀吾生
인 불 극 사   부 지 오 생 지 가 애   인 불 극 사   부 지 오 생 지 가 락   지 애 오 생
者, 可與破塵情矣. 知樂吾生者, 可與破聖諦矣. 『축자소언』
자   가 여 파 진 정 의   지 락 오 생 자   가 여 파 성 체 의

인생은 슬프다. 인생은 즐겁다. 인생이 슬픈 줄을 알기에 티끌세상에 얽매인 온갖 집착들이 허전하게만 보인다. 인생이 즐거운 줄을 알므로 저 적멸허무(寂滅虛無)를 전하는 불교의 가르침이 허망하게만 보인다. 인생은 슬프지만 즐길 만한 것이다.

2장

천 근의 무게로
스스로를
누른다

군자와 소인의 사이

군자는 평소에는 특별히 하는 것이 없는 것 같지만 환난에 임하고 보면 지혜는 한층 밝아지고 기운은 더욱 차분해진다. 뜻은 좀 더 굳세지고 덕은 더욱 이루어지며 도는 한결 단단해진다. 그런 까닭에 나뭇결이 얼키설키 얽힌 뿌리가 아니고는 칼날의 예리함을 구별할 수가 없다고들 말하는 것이다.

君子平居若無所事也, 及涉于患難, 則智愈明, 氣愈平, 志愈增, 德愈
군 자 평 거 약 무 소 사 야　급 섭 우 환 난　즉 지 유 명　기 유 평　지 유 증　덕 유
成, 道愈凝. 故曰: 不遇盤根錯節, 無足以別利器. 『화천치사』
성　도 유 응　고 왈　불 우 반 근 착 절　무 족 이 별 리 기

사람의 능력은 평상시보다 유사시에 드러난다. 평소 말없이 지내다가 어렵고 곤란한 일이 생기면 특별한 역량을 발휘하는 사람이 있다. 반대로 보통 때는 큰소리를 치다가 유사시에는 꼬리를 감추고 어디 있는지조차 알 수 없는 사람도 있다. 어려운 일 앞에서 그 지혜와 그 능력이 더욱 빛난다. 결이 단단하게 얽힌 뿌리는 예리한 칼이 아니고서는 자를 수가 없다.

세상에서 능히 우습게 볼 수 없는 사람이 되고, 남들이 결코 할
수 없는 일을 할 수 있다면 이 인생이 거의 헛되지 않다.

能爲世必不可少之人, 能爲人必不可及之事, 則庶幾此生不虛.
능 위 세 필 불 가 소 지 인   능 위 인 필 불 가 급 지 사   즉 서 기 차 생 불 허

『취고당검소』

세상이 그를 무겁게 여김은 힘만으로 되는 것이 아니다. 남들
이 결코 미치지 못할 일은 만용과 객기로는 할 수 없다. 힘으로
얻은 것이 아닌 무게, 성실을 바탕으로 해낸 우뚝한 성취, 이것이
인생의 든든한 자산이다.

천하에 무엇이든 할 수 있을 때는 수수방관하다가, 천하에 한 가지도 할 만한 일이 없을 때 비로소 손길을 내미는 것이 성현의 작용이요, 호걸의 마음가짐이다.

天下無不可爲時但袖手, 天下無一可爲時方出手, 聖賢作用, 豪傑
천 하 무 불 가 위 시 단 수 수   천 하 무 일 가 위 시 방 출 수   성 현 작 용   호 걸
肝腸. 『조현각잡어』
간 장

제힘으로도 처리할 수 있는 일에 손길을 내미는 것은 도움이 아니라 그를 게으르게 하는 것이다. 하지만 도저히 어찌해 볼 수 없는 절박한 상황에서 그저 남의 집 불구경하듯 한다면 이 또한 군자의 도리는 아니다. 군자의 마음가짐과 소인의 마음가짐이 여기서 갈린다. 소인은 나서지 말아야 할 때 나서고 그것으로 생색을 내려 든다. 군자는 나서야 할 때 나서되 자신을 내세우지 않는다.

무리에서 우뚝한 사람은 다른 사람과 조화를 이루기 어려워도
한 번 합쳐지면 절대로 떨어지는 법이 없다. 유쾌히 즐거운 자는
친해지기는 쉬워도 잠깐 친한 듯하다가 어느새 원망을 사고 만다.
그러므로 군자가 세상에 처하는 것은 모진 바람 찬 서리를 지닐지
언정 물고기나 새가 사람과 가까운 것 같아서는 안 된다.

落落者難合, 一合便不可分; 欣欣者易親, 乍親忽然成怨. 故君子之處
낙 락 자 난 합　일 합 변 불 가 분　흔 흔 자 이 친　사 친 홀 연 성 원　고 군 자 지 처
世也, 寧風霜自挾, 無寧魚鳥親人. 『소창자기』
세 야　영 풍 상 자 협　무 녕 어 조 친 인

낙락한 장송과 같아야지 휘휘 늘어진 버들가지로는 안 된다.
봄날엔 버들이 보기 좋아도 가을이 지나면 본색이 드러난다. 가
슴에 바람 서리를 지녀 범접하기 힘든 서늘한 기상을 품을 일이
다. 다만 그 서늘함이 매몰차기만 해서는 안 된다. 속으로 따뜻함
을 머금어야 한다.

고요함 속에 위엄이 깃들고
조급함 속에 위엄은 사라진다.

靜有威, 躁無威. 『회심언』
정 유 위　조 무 위

위엄이란 태산 같은 적연부동(寂然不動) 속에 깃든다. 남이 나
를 알아주지 않는다고 조바심을 낸다면 위엄은 없다. 천 근의 무
게로 나를 눌러야 한다.

골격은 꼿꼿이 세워야 하나 마음은 오만하게 굴면 못쓴다. 골격을 꼿꼿이 세우지 않으면 비천한 사내가 되고, 마음을 오만하게 지니면 군자가 될 수 없다.

傲骨不可無, 傲心不可有. 無傲骨則近于鄙夫, 有傲心不得爲君子.
오 골 불 가 무   오 심 불 가 유   무 오 골 즉 근 우 비 부   유 오 심 부 득 위 군 자

『유몽영』

사람은 골기(骨氣)가 있어야 한다. 허리를 곧추세워 중심이 듬직해야 한다. 그러나 이 속에 교만을 깃들여서는 안 된다. 기골이 우뚝해도 마음에 교만이 깃들면 더 천박하다.

고결함으로 세속을 놀라게 하는 것은 화평함으로 세속과 어울림만 못하다. 휘파람 불며 세상을 오만하게 보는 것은 공경으로 자신을 도야함만 같지 않다. 드높아 범접할 수 없게 하여 남을 받아들이지 않음은 관후함으로 사물을 포용함만 못하다.

孤潔以駭俗, 不如和平以諧俗; 嘯傲以玩世, 不如恭敬以陶世;
고 결 이 해 속   불 여 화 평 이 해 속   소 오 이 완 세   불 여 공 경 이 도 세

高峻以巨物, 不如寬厚以容物. 『유몽속영』
고 준 이 거 물   불 여 관 후 이 용 물

고결함도 좋고, 휘파람 불며 가는 오만함도 좋다. 높아 범접할 수 없음도 나쁘지 않다. 다만 저 혼자서만 높고 깨끗해서야 무슨 재미인가. 자기를 낮추어 함께 어우러지는 삶이 훨씬 낫다.

홀로 도덕을 지키는 사람은 한때에 적막하나 권력에 빌붙어 아첨하는 자는 만고에 처량할 뿐이다. 통달한 사람은 사물 밖에서 사물을 보고 죽은 뒤의 몸을 생각한다. 차라리 한때의 적막을 참고 견딜지언정 만고의 처량함만은 취하지 말라.

棲守道德者, 寂寞一時; 依阿權勢者, 凄凉萬古. 達人觀物外之物,
서 수 도 덕 자 적 막 일 시   의 아 권 세 자 처 량 만 고 달 인 관 물 외 지 물
思身後之身, 寧受一時之寂寞, 毋取萬古之凄凉. 『채근담』
사 신 후 지 신 영 수 일 시 지 적 막 무 취 만 고 지 처 량

한때의 적막으로 만고의 처량함과 바꾸지 말라. 다만 만고의 처량함이 그때에는 득의롭고 보람 있게 보이니 그것이 문제다. 물외지물(物外之物)은 어찌 보며, 신후지신(身後之身)은 어이 헤아릴 것이랴.

사업과 문장은 몸을 따라 스러져도 그 정신만은 만고가 늘 새롭다. 공명과 부귀는 세상 따라 변하지만 기상과 절개만은 천 년이 하루 같다. 군자라면 참으로 이것으로 저것과 바꿔서는 안 된다.

事業文章隨身銷毀, 而精神萬古如新; 功名富貴逐世轉移, 而氣節千載
사 업 문 장 수 신 소 훼　이 정 신 만 고 여 신　공 명 부 귀 축 세 전 이　이 기 절 천 재
一日. 君子信不當以彼易此也. 『채근담』
일 일　군 자 신 부 당 이 피 역 차 야

사업과 문장, 공명과 부귀는 덧없이 지나가는 것들이다. 정신과 기절(氣節)만은 죽은 뒤에도 남아 천 년이 하루 같고 만고에 늘 새롭다. 사업과 공명을 바라 정신을 버릴 수 없고 문장과 부귀를 좇아 기절을 팽개칠 수 없다.

홀로 즐기는 것이 좋지만 홀로 근심에 젖는 것도 좋다. 이때 홀로 근심에 젖는다 함은 보통 세상 사람들이 하는 근심과는 아무런 관계가 없다. 그것은 딱히 꼬집어 말할 수는 없지만 대략 아마득한 천고를 향한 그리움이거나 이런저런 홀로 걸어가는 한스러움 같은 것들이다.

獨樂自佳, 獨愁亦自佳. 獨愁云者, 都不關世人愁也. 語不能明, 大約
독락자가 독수역자가 독수운자 도불관세인수야 어불능명 대약
是眇眇千古之思, 離離獨往之恨耳. 『회심언』
시묘묘천고지사 이리독왕지한이

천고를 그리며 젖어드는 근심과, 홀로 가는 그 길에서 느끼는 외로움이 있다. 당나라 때 진자앙(陳子昂)은 「등유주대가(登幽州臺歌)」에서 이렇게 노래했다. "앞서 간 옛 사람은 볼 수가 없고 뒤에 올 후인도 볼 수가 없네. 천지의 아득함을 생각노라면 나 홀로 구슬퍼 눈물 흐른다[前不見古人, 後不見來者. 念天地之悠悠, 獨愴然而涕下]."

위대한 고독자의 근심이요 눈물이 아닌가!

이 우주 안의 일들은 힘껏 감당해낼 수 있어야 하고 또 훌훌 벗어던질 줄도 알아야 한다. 감당해내지 않으면 세상을 경영하는 사업이 있을 수 없고 훌훌 털어버리지 않고는 세상에 우뚝한 포부가 없게 된다.

宇宙內事, 要力擔當, 又要善擺脫. 不擔當則無經世之事業, 不擺脫則
우 주 내 사   요 력 담 당   우 요 선 파 탈   불 담 당 즉 무 경 세 지 사 업   불 파 탈 즉
無出世之襟期. 『취고당검소』
무 출 세 지 금 기

경세(經世)의 사업을 성취하려면 자신에게 주어진 일을 힘껏 감당해낼 역량이 있어야 한다. 그러나 그러한 사업의 성취에 도취되어 안주하면 세속을 벗어나는 상쾌함이 사라진다. 일에 매달릴 때는 이것저것 재기만 해서는 안 된다. 훌훌 털어버려야 할 때 미련을 남겨서도 안 된다.

남을 증오하는 모습은 술잔에 떨어뜨리고, 세상을 슬퍼하는 마음은 시구 속에 감추어둔다.

憎人面孔, 落在酒杯; 憐世心腸, 藏之詩句. 『구사』
증인면공 낙재주배 연세심장 장지시구

한잔 술에 마음속에 도사려 있던 미움과 증오의 감정이 눈 녹듯 녹아버린다. 시 한 수로 세상을 향한 안타까움과 연민을 죄 털어버린다. 군자가 세상을 살아감은 이와 같을 뿐이다.

선비는 가는 곳마다 사람마다 나로 인해 즐거워하게 해야지 나 때문에 즐겁지 않게 해서는 안 된다. 나로 인해 즐거우면 나 보기를 마치 상서로운 별자리나 서기로운 구름 보듯 할 것이요, 나 때문에 즐겁지 않다면 나 보기를 매서운 바람이나 괴로운 비처럼 여길 것이다.

士君子所至, 使人人因我而樂, 勿使人人因我而不樂. 因我而樂,
사군자소지   사인인인아이락   물사인인인아이불락   인아이락
則視我如景星慶雲; 因我而不樂, 則視我如疾風苦雨. 『형원진어』
즉시아여경성경운   인아이불락   즉시아여질풍고우

나만 보면 즐겁고 나로 인해 기쁘다면 얼마나 복된 삶이냐. 나 때문에 괴롭고 나 때문에 슬프다면 서글프고 안타깝다. 어디서나 환영받는 사람이 있고 어디서나 손가락질 받는 사람이 있다. 덕을 베풀며 살기도 벅찬 세상이다. 남에게 괴로움을 끼치며 사는 것은 너무 슬프다.

가슴속에 든 가시를 갈라 없애 남과 내가 편히 왕래케 한다면
이야말로 천하에 으뜸가는 유쾌한 세계이다.

剖去胸中荊棘, 以便人我往來, 是天下第一快活世界. 『최고당검소』
부 거 흉 중 형 극   이 편 인 아 왕 래   시 천 하 제 일 쾌 활 세 계

마음속에 든 가시가 덤불이 되어 너와 나 사이의 소통을 가로
막는다. 굳이 지나가려다 가시에 찔려 상처를 입는다. 가슴을 쩍
갈라 그 가시를 뽑아버리고 그 사이로 시원스레 뻥 뚫린 길을 내
자 그 길로 너와 내가 흉금을 터놓고 왕래할 수 있다면 얼마나 유
쾌한 세상이 될까?

푸른 하늘 밝은 해, 따뜻한 바람과 상서로운 구름을 보면 사람
만 기쁜 빛을 띠는 것이 아니라 새들도 기쁜 소리를 낸다. 그러다
가 바람이 거세게 불고 비가 쏟아지며 우레와 번개가 번쩍대면 새
는 숲에 숨고 사람은 문을 닫아건다. 서로 완전히 다른 느낌을
갖게 되는 것이 이와 같다. 그러므로 군자가 조화로 충만한 원기
를 지니고자 하는 것이다.

靑天白日, 和風慶雲, 不特人多喜色, 卽鳥鵲且有好音. 若暴
청 천 백 일　　화 풍 경 운　　불 특 인 다 희 색　　즉 조 작 차 유 호 음　　약 폭

風怒雨, 疾雷閃電, 鳥亦投林, 人亦閉戶. 乖戾之感, 至于此乎!
풍 노 우　　질 뢰 섬 전　　조 역 투 림　　인 역 폐 호　　괴 려 지 감　　지 우 차 호

故君子以太和元氣爲主. 『안득장자언』
고 군 자 이 태 화 원 기 위 주

누가 알려준 것도 아닌데 사물이 주는 느낌은 직감적이고 즉각
적이다. 미물도 그 느낌은 안다. 살기가 느껴지는 사람이 있고 곁
에 있어 따뜻하고 편안한 사람이 있다. 공연히 다른 사람까지 불
안하게 만드는 사람도 있다. 나는 어떤가?

처량한 바람과 괴로운 비는 천지에서 근심을 부추기는 것들이
다. 내가 평상시에 이것과 마주했을 때도 좋아하지 않았는데 홀
아비로 지내면서부터는 더욱 견디기가 어려웠다. 방법이 있었다.
낮에 비바람이 불면 내 마음은 밝은 해를 떠올리고, 밤에 비바람
이 몰아치면 내 마음은 환한 달이거니 했다. 그러자 근심을 일으
키던 것들이 오히려 근심을 몰아내주었다.

凄風苦雨, 天地之所以助愁也. 余平時遇之, 輒不適, 鰥居而更難
처 풍 고 우   천 지 지 소 이 조 수 야   여 평 시 우 지   첩 부 적   환 거 이 갱 난
堪矣. 有術焉. 晝而風雨, 吾心皎日 ; 夜而風雨, 吾心明月. 而助愁之物,
감 의   유 술 언   주 이 풍 우   오 심 교 일   야 이 풍 우   오 심 명 월   이 조 수 지 물
乃以遣愁. 『오환방언』
내 이 견 수

휘파람 소리를 내며 지나가는 처량한 바람, 천지를 압도할 듯
주룩주룩 내리는 빗줄기. 세상은 어느새 근심 속에 깊이 잠겼다.
잠잠하던 내 마음이 온통 근심의 빛깔을 띤다. 그러나 구슬픈 바
람 소리가 커갈수록 마음속에 환한 태양을 떠올리고, 한밤중 비
바람이 몰아칠 때마다 저 하늘 위에 덩두렷히 뜬 보름달을 생각
하자 근심의 빛깔은 내 마음에서 사라지고 말았다. 물건이 가져
온 근심을 물건이 다시 가져가버렸다.

사람이 살아가면서 세 차례의 아픈 눈물을 지니지 않을 수 없다. 한 번은 천하의 큰일에 당하여 아무것도 할 수 없을 때 울고, 한 번은 자신의 문장을 알아주는 사람을 만나지 못했을 때 울며, 한 번은 여태껏 이리저리 떠돌다가 가인(佳人)과 만나지 못했을 때 운다. 이 세 차례의 눈물은 영웅의 피눈물에 속하는 것이다. 참사업과 참성정이 모두 이 가운데 들어 있어 아녀자의 정으로 손을 오래 붙들고 우는 것과는 비할 바가 아니다.

人生不可不儲三副痛淚. 一副哭天下大事不可爲, 一副哭文章不遇
인 생 불 가 부 저 삼 부 통 루   일 부 곡 천 하 대 사 불 가 위   일 부 곡 문 장 불 우

識者, 一副哭從來淪落不偶佳人. 此三副方屬英雄血淚, 眞事業, 眞性情,
식 자   일 부 곡 종 래 윤 락 불 우 가 인   차 삼 부 방 속 영 웅 혈 루   진 사 업   진 성 정

俱在此中, 非復兒女情長執手涕泣比也. 『한여필화』
구 재 차 중   비 부 아 녀 정 장 집 수 체 읍 비 야

천하에 큰일이 생겼는데 정작 내 할 일이 아무것도 없을 때 나는 통곡한다. 나의 문장과 경륜을 아무도 알아주지 않을 때 나는 아픈 눈물을 흘린다. 세상에는 어찌 이리도 안목 있는 사람이 없단 말인가? 평생을 떠돌아도 나를 아껴줄 한 사람의 어진 이를 만나지 못했을 때 나는 아프게 운다. 부평처럼 뿌리내리지 못하는 삶은 얼마나 허망한가? 영웅의 눈물은 이러할 뿐이다.

군자는 세 가지 애석함을 지닌다. 이 인생에 배우지 않는 것이 첫 번째 애석함이요, 오늘 하루를 등한히 아무 일 않고서 보내는 것이 두 번째 애석함이다. 이 몸을 한 번 그르치고 마는 것이 세 번째 애석함이다.

君子有三惜: 此生不學, 一可惜; 此日閑過, 二可惜; 此身一敗, 三可惜.
군 자 유 삼 석   차 생 불 학   일 가 석   차 일 한 과   이 가 석   차 신 일 패   삼 가 석

『하인본전』

배워 깨닫는 기쁨을 모르는 인생은 슬프다. 하루를 일 없이 빈둥거리며 노는 것은 차마 못 견딜 일이다. 내 한 몸 간수하지 못해 잘못된 길로 빠져드는 것은 참으로 안타깝다. 이를 일러 군자의 세 가지 애석함이라 한다.

내가 평생에 제일 잘한 일이라고는 자신을 돌아보는 것이다. 나이 오십이 되자 지난 사십구 년이 모두 잘못 되었음을 알았다. 그래서 내 호를 '지비도인(知非道人)'이라고 하였다.

余一生最善自訟. 行年五十, 知四十九年之皆非也, 余故自號知非
여 일 생 최 선 자 송   행 년 오 십   지 사 십 구 년 지 개 비 야   여 고 자 호 지 비
道人. 『오환방언』
도 인

지난 일들 뒤돌아보면 세월은 저만치서 그림자만 드리운다. 물끄러미 떠오르는 내 모습 바라보다 까닭 모를 부끄러움에 젖는다. 아! 나는 참 바보처럼 살았구나. 내 눈의 들보를 보지 못했구나.

내 나이 오십이 되자 다섯 가지 다투지 않는 맛을 깨닫게 되었다. 그게 뭐냐고 사람들이 묻기에 말한다. 재물을 쌓아두고 남과 부를 다투지 아니하고, 나아가 취하여 남과 귀(貴)를 다투지 아니하며, 자랑하고 뽐내어 남과 이름을 다투지 아니하고, 뻣뻣이 오만하게 남과 예를 다투지 아니하며, 기운을 뽐내 남과 함께 시비를 다투지 아니한다.

余行年五十, 悟得五不爭之味. 人間之, 曰: 不與居積人爭富, 不與進
여 행 년 오 십   오 득 오 부 쟁 지 미   인 문 지   왈   불 여 거 적 인 쟁 부   불 여 진
取人爭貴, 不與矜飾人爭名, 不與簡傲人爭禮節, 不與盛氣人爭是非.
취 인 쟁 귀   불 여 긍 식 인 쟁 명   불 여 간 오 인 쟁 예 절   불 여 성 기 인 쟁 시 비

『신음어』

부귀의 허망함, 명예의 덧없음, 예절의 허망함, 시비의 부질없음을 깨닫는 데 50년이 걸렸다. 50년은 그래도 짧지 않을까? 죽을 때까지도 이를 깨닫지 못하는 이들이 대부분이다.

노력하기를 그치잖으면 타고난 것에서 더 낫게 될 수 있다. 그만두어 노력하지 않으면 땅에 그린 그림과 다를 바 없게 된다.

作之不止, 可以勝天; 止之不作, 猶如畵地. 『초현정만어』
작 지 부 지   가 이 승 천   지 지 부 작   유 여 화 지

쉬임 없이 한결같이 노력하는 삶은 아름답다. 스스로 자족하여 더 나아가려 하지 않는 삶은 속 빈 강정이요 그림의 떡이다. 먹을 수가 없다.

내가 이십 년 전에는 일찍이 마음과 자취를 둘 다 맑게 지니려는 뜻이 있었다. 십 년 이래로는 다음의 네 마디 말만 새겼다. "행함은 맑고 이름은 탁하게. 도는 나아가도 몸가짐은 겸손하게. 이익은 나중으로 하고 해로움은 먼저. 남은 풍족하게 하고 나는 검약하게." 최근 들어서는 이것조차 큰 집착이고 교만임을 알아 다만 무심히 자연에 내맡겨 옳음에 합당하기만을 구할 뿐이다. 이름과 자취를 한결같이 오고 감에 내맡기어 외물에 마음을 쓰지 않는다.

余二十年前, 曾有心迹雙淸之志. 十年來有四語, 云: "行欲淸, 名欲濁.
여 이 십 년 전 증 유 심 적 쌍 청 지 지 십 년 래 유 사 어 운 행 욕 청 명 욕 탁
道欲進, 身欲退. 利欲後, 害欲前. 人欲豊, 己欲約." 近看來, 太執著,
도 욕 진 신 욕 퇴 이 욕 후 해 욕 전 인 욕 풍 기 욕 약 근 간 래 태 집 착
太矯激, 只以無心任自然, 求當其可耳. 名迹一任去來, 不須照管. 『신음어』
태 교 격 지 이 무 심 임 자 연 구 당 기 가 이 명 적 일 임 거 래 불 수 조 관

지난 이십 년 동안 내 삶에서 덜어낸 것은 맑고 깨끗하게 살려는 마음이었다. 그 마음조차 집착임을 깨달아 득실에 마음을 빼앗기지 않고 이해에 흔들리지 않는 담박의 마음을 길러왔다. 이제 투명한 눈으로 세상과 만나고 싶다.

성현이 되는 것보다 존귀한 것이 없고, 도덕을 쌓는 것만큼 부유한 것이 없다. 도를 듣지 못하는 것보다 가난한 것이 없고, 부끄러움을 모르는 것만큼 천한 것이 없다. 선비가 능히 도를 펼치면 달사(達士)라 하고, 분수에 만족하지 않으면 궁하다 한다. 한때의 뜻을 얻는 것을 요절했다 하고, 꽃다운 이름이 백세토록 드리움을 장수했다고 한다.

貴莫貴于爲聖賢, 富莫富于蓄道德, 貧莫貧于未聞道, 賤莫賤于不
귀 막 귀 우 위 성 현   부 막 부 우 축 도 덕   빈 막 빈 우 미 문 도   천 막 천 우 부
知恥. 士能弘道曰達士, 不安分曰窮, 得志一時曰夭, 流芳百世曰壽.
지 치   사 능 홍 도 왈 달 사   불 안 분 왈 궁   득 지 일 시 왈 요   유 방 백 세 왈 수

『칠수류고』

선비와 속인은 부귀빈천의 기준이 애초에 다르다. 선비의 부귀빈천은 재물의 많고 적음, 권력의 높고 낮음을 가지고 따지지 않는다. 안분자족(安分自足)함 없이 여기저기 기웃거리니 궁(窮)이라 하고, 한때의 득의를 영원히 갈 것처럼 으스대니 요(夭)라고 하는 것이다.

우주를 자기와 한 몸으로 여기는 사람은 불평스런 유감이 없다.

以宇宙爲一身者, 無不平之憾矣. 『회심언』
이 우 주 위 일 신 자   무 불 평 지 감 의

군자는 우주 만물의 건강한 운행을 배워 자강불식(自彊不息)할 뿐 세상일의 공평치 않음을 원망하여 유감을 품지 않는다. 소인은 조그만 일에도 상심하고 좌절하며 세상을 원망하는 푸념을 늘어놓는다.

일자무식인데도 시정(詩情)이 풍부한 사람이 있고, 불경을 한 번도 연구하지 않았지만 선미(禪味)가 풍기는 사람도 있다. 술 한 잔 못해도 주흥이 도도한 사람이 있고, 바위 하나 못 그려도 화의 (畵意)가 넘치는 사람도 있다. 그 마음이 담박하고 시원하기 때문 이다.

人有一字不識而多詩意, 一偈不參而多禪意, 一勺不濡而多酒意,
인유일자불식이다시의　일게불참이다선의　일작불유이다주의
一石不曉而多畵意: 淡宕故也. 『암서유사』
일석불효이다화의　담탕고야

머리로 안대서 가슴의 일이 이루어질까. 그래서 가슴이 하는 일을 머리가 방해해서는 안 된다고 했다. 시를 쓰거나 선(禪)의 화두를 들고, 한잔 술을 거나하게 마시고 한 폭 그림을 그리면 도 풍류의 뜻은 애초에 찾아볼 수 없는 사람이 있다. 손끝만으로 그림을 그리고 입으로만 화두를 참구하면 종내 한 소식은 들을 수가 없다.

모습이 추한데도 볼만한 사람이 있고 추하지는 않지만 볼만한 구석이라곤 없는 사람이 있다. 문리는 통하지 않아도 마음을 움직이는 글이 있고, 문리는 통해도 지극히 혐오스러운 것도 있다. 이것은 천박한 사람에게는 쉽게 알려주지 못하는 이치이다.

貌有醜而可觀者, 有雖不醜而不足觀者; 文有不通而可愛者, 有雖
모 유 추 이 가 관 자   유 수 불 추 이 부 족 관 자   문 유 불 통 이 가 애 자   유 수

通而極可厭者. 此未易與淺人道也. 『유몽영』
통 이 극 가 염 자   차 미 이 여 천 인 도 야

겉모습의 미추가 인간의 본질을 덮어 가리지 못한다. 교묘한 화장으로 겉을 꾸며도 본바탕의 천박함이 금세 드러난다. 아름답지 않은데도 마음이 끌리는 것은 내면의 향기 때문이다. 글도 마찬가지다. 마음에서 우러나는 감정의 진솔함 없이 꾸밈만으로 가득 찬 글은 혐오감만 안겨준다. 문장의 테크닉을 익히는 대신 마음을 기를 일이다.

소인은 진실로 멀리 해야 마땅하나 드러내놓고 원수처럼 적대시
해서는 안 된다. 군자는 진실로 가까이함이 옳다. 그렇지만 굽신
거려 붙좇아 영합해서는 안 된다.

小人固當遠, 然亦不可顯爲仇敵; 君子固當親, 然亦不可曲爲附和.
소 인 고 당 원 연 역 불 가 현 위 구 적 군 자 고 당 친 연 역 불 가 곡 위 부 화

『형원소어』

소인의 원망을 사는 것은 군자의 할 일이 아니다. 무조건 자신
을 굽히는 것은 상대의 업신여김을 부른다. 가까이해서는 안 되고
멀리해서도 안 될 것이 소인이다. 함부로 친해질 수 없고 굽신거려
가까이할 수도 없는 것이 군자이다.

군자의 마음 씀은 푸른 하늘의 흰 해와 같아서 누구나 알게 하지 않을 수 없다. 군자의 능력은 옥구슬을 깊이 간직해둠과 같아 남들이 쉬 알게 해서는 안 된다.

君子之心事, 天靑日白, 不可使人不知. 君子之才華, 玉韞珠藏, 不可
군 자 지 심 사 천 청 일 백 불 가 사 인 부 지 군 자 지 재 화 옥 온 주 장 불 가

使人易知. 『채근담』
사 인 이 지

청천백일과도 같은 마음, 깊이 간직해둔 구슬의 예지. 공명하고 정대한 그 마음으로, 영롱한 재주를 뽐냄도 없이.

맑은 자태를 좋아하고 탁한 것을 싫어하는 사람이 있고 부유한 것은 좋아하면서 가난한 것은 싫어하는 사람도 있다. 문아(文雅)한 자태는 좋아하나 속태(俗態)는 싫어하는 사람, 고상한 것은 좋아해도 비루함은 싫어하는 사람, 담백한 것은 좋아하지만 농후한 것은 싫어하는 사람이 있다. 예스런 것은 좋아하면서 지금 것은 싫어하는 사람, 기이한 것은 좋아해도 평범한 것은 싫어하는 사람도 있다. 나는 자연에 내맡겨 그대로 두는 것이 더 좋다고 생각한다.

人有好爲淸態而反濁者, 有好爲富態而反貧者, 有好爲文態而反俗者,
인 유 호 위 청 태 이 반 탁 자　유 호 위 부 태 이 반 빈 자　유 호 위 문 태 이 반 속 자

有好爲高態而反卑者, 有好爲淡態而反灃者, 有好爲古態而反今者,
유 호 위 고 태 이 반 비 자　유 호 위 담 태 이 반 풍 자　유 호 위 고 태 이 반 금 자

有好爲奇態而反平者, 吾以爲不如混沌爲佳. 『안득장자언』
유 호 위 기 태 이 반 평 자　오 이 위 불 여 혼 돈 위 가

나는 어떤 삶을 살아야 할까? 나는 무엇을 추구하며 살아야 할까? 맑음을 추구하자면 부유함은 버려야겠고 담백함을 좋아하면서 기이함을 따를 수는 없겠다. 그러나 사람의 기호가 어찌 일정할 수만 있을까? 자신이 세운 그 기준 때문에 공연히 자신을 얽어맬 필요는 없다. 자연에 내맡겨 마음이 향하는 바에 순응할 뿐이다.

천하엔 본시 일이 없건만,

속인이 제 스스로 소란스럽네.

이 시구는 정말 빼어나다. 그러나 속인이 소란스러운 것이야 그
렇다 해도 지혜 있다는 자가 소란스럽게 되면 그 재앙은 이루 말
로 할 수가 없다. 속스럽기야 마찬가지이지만 재앙의 크고 작음
에서 반드시 차이가 난다.

"天下本無事, 庸人自擾之." 此句妙絶妙絶. 然庸人擾之, 猶可. 才智
천하본무사 용인자요지 차구묘절묘절 연용인요지 유가 재지

者擾之, 禍不可言. 雖總歸于庸, 而禍之大小, 必有別矣. 『자술』
자요지 화불가언 수총귀우용 이화지대소 필유별의

천하의 소란은 인간이 만든다. 속인의 소란이야 그러려니 한다
지만, 똑똑하다고 하는 자의 소란은 다른 사람에게까지 파급되니
문제다. 속인들의 소란은 제 한 몸 그르치는 것으로 끝나지만 똑
똑한 체하는 자의 소란은 세상을 어지럽게 만든다.

세상이 나를 알아주기를 구하기는 쉽지만 스스로에 대해 정말 잘 알기는 어렵다. 보고 듣는 데서 그럴듯하게 꾸미기는 쉬워도 보이지 않는 데서 스스로에게 부끄러움이 없기는 어렵다.

求見知于人世易, 求眞知于自己難. 求粉飾于耳目易, 求無愧于隱
구 견 지 우 인 세 이 구 진 지 우 자 기 난 구 분 식 우 이 목 이 구 무 괴 우 은

微難. 『취고당검소』
미 난

남은 쉬 속여도 자기 자신만은 못 속인다. 그럴듯하게 꾸미기는 쉬워도 스스로에게 떳떳하기는 어렵다. 백 사람이 나를 인정해도 내가 내게 떳떳지 않으면 공허하지 않겠는가? 아무도 안 알아줘도 스스로 부끄럽지 않다면 기쁘지 않겠는가?

부끄럽다는 한마디는 군자를 다스리는 까닭이 되고 아프다는 한마디는 소인을 다스리는 빌미가 된다.

恥之一字, 所以治君子; 痛之一字, 所以治小人. 『유몽영』
치 지 일 자   소 이 치 군 자   통 지 일 자   소 이 치 소 인

선비는 죽일 수는 있어도 욕보일 수는 없다. 이것은 공자의 말씀이다. 군자는 제 이름을 소중히 여긴다. 명예롭지 못한 부귀를 따르기보다 의로운 빈천을 감수한다. 군자는 '부끄러움'으로 다스릴 뿐 우격다짐으로는 안 된다. 소인은 다르다. 그들은 육체적 고통을 가장 무섭게 여긴다. 그것이 불의인 줄 알면서도 조그만 유혹이나 협박에 금세 넘어온다.

진한 술, 살진 고기, 맵고 단 것은 참맛이 아니다. 참맛은 그저 담백할 뿐이다. 신기하고 특이해 보이는 것은 깨달은 사람이 아니다. 깨달은 사람은 다만 평범해 보인다.

醲肥辛甘非眞味, 眞味只是淡. 神奇卓異非至人, 至人只是常. 『채근담』
농 비 신 감 비 진 미　진 미 지 시 담　신 기 탁 이 비 지 인　지 인 지 시 상

깨달은 사람은 깨달은 태를 내지 않는다. 참맛은 자극적이지 않다. 신기한 것만 대단히 여기고 자극적인 맛만 좋다고 하니 담백의 참맛과 평범 속의 비범을 느껴볼 길이 없다.

세상 사는 맛이 진한 술과 같아도 지극한 맛은 맛이 없는 법이다. 맛없는 것을 음미하는 자라야 능히 일체의 맛에서 담백해질 수 있다. 담백하면 덕을 기를 수 있고 담백하면 몸을 기를 수 있다. 담백함으로 벗을 기를 수 있고 담백함으로 백성을 기를 수 있다.

世味醲釅, 至味無味. 味無味者, 能淡一切味. 淡足養德, 淡足養身,
세미농엄　지미무미　미무미자　능담일체미　담족양덕　담족양신
淡足養交, 淡足養民. 『축자소언』
담족양교　담족양민

자극적인 맛에 길들여지면 덤덤한 맛은 맛 같지도 않다. 그러나 지극한 맛은 무미(無味)한 가운데 숨어 있다. 대갱(大羹)은 조미하지 않는다. 아무것도 조미하지 않았으나 모든 맛이 그 속에 다 들어 있다. 자극적인 음식은 당장에 혀끝에는 달아도 결국은 몸을 해치는 독이 된다. 담백함으로 정신을 기르고, 그 담백함으로 세상과 만날 일이다.

쾌활한 사람이 되어 어떤 일이고 만들어서는 안 된다. 일을 줄여야지 일을 야기해서는 안 된다. 쾌활한 사람이 되어 큰 일도 작은 일로 만들고 작은 일은 없던 일로 만들어야 한다.

會做快活人, 凡事莫生事. 會做快活人, 省事莫惹事. 會做快活人,
회 주 쾌 활 인　범 사 막 생 사　회 주 쾌 활 인　성 사 막 야 사　회 주 쾌 활 인

大事化小事. 會做快活人, 小事化無事. 『작비암일찬』
대 사 화 소 사　회 주 쾌 활 인　소 사 화 무 사

없던 일을 만든다. 그냥 지나칠 일을 큰 일로 만든다. 이런 사람은 주변을 괴롭히고 불쾌하게 만든다. 정작 자신은 대단히 많은 일을 하고 있고 자기가 없으면 일이 되지 않는다고 생각하는 것이 문제다.

안목이 좁으니 그 품이 넉넉지 않고 마음이 좁은지라 걸음걸이
조차 시원스럽지 않다.

眼界窄, 襟懷不寬; 心腸小, 步履不大. 『구사』
안 계 착   금 회 불 관   심 장 소   보 리 부 대

툭 트인 흉금 속에 넉넉한 마음이 깃든다. 마음이 시원하면 걸
음걸이도 뚜벅뚜벅 상쾌하다. 겉으로 드러나는 모든 것은 속에
든 것의 표현일 뿐이다.

욕망은 사람의 기운을 미혹하게 만든다. 애증은 사람의 정신을 피폐케 한다. 가시덤불 속에 사는 초야의 선비는 즐기는 바가 없고 좋아하고 싫어하는 바가 없는지라 기운이 엄숙하고 정신은 온전하다.

嗜欲使人之氣淫, 好憎使人之精勞. 榛薄之士, 無嗜欲, 無好惡,
기 욕 사 인 지 기 음   호 증 사 인 지 정 로   진 박 지 사   무 기 욕   무 호 오

是以氣肅而精完. 『잠영록』
시 이 기 숙 이 정 완

무언가를 즐기려는 욕망, 좋아하고 미워하는 감정이 마음을 어지럽히고 정신을 소진시킨다. 궁벽한 시골의 선비는 눈과 귀의 욕망을 가지고 그 기운을 어지럽히지 않고, 세상일의 애증으로 그 정신을 수고로이 하지 않는다. 그는 언제나 꽉 차 있어 천진난만하다.

너와 나를 구분하고, 얻고 잃음을 따지는 마음, 헐뜯고 기리고 총애와 욕됨에 집착하는 마음 따위는 훌훌 털어 내려놓아라.

人我心, 得失心, 毀譽心, 寵辱心, 輕輕放下. 『자감록』
인 아 심   득 실 심   훼 예 심   총 욕 심   경 경 방 하

너와 나 사이에 쌓은 담을 헐자. 한때의 덧없는 득실과 훼예(毀譽)에 초연한 마음을 기르자. 영욕이 엇갈리는 그 마음을 시원스레 내던져버리자. 마음이 개운해지리라.

저물녘의 안개와 노을이 더 찬란하다. 세모가 되어야 감귤은 짙은 향기가 밴다. 말로(末路)와 만년에 군자는 그 정신이 백배나 더함이 마땅하다.

日旣暮, 而猶煙霞絢爛; 歲將晚, 而更橙橘芳馨. 故末路晚年,
일 기 모　이 유 연 하 현 란　세 장 만　이 갱 등 귤 방 형　고 말 로 만 년
君子更宜精神百倍. 『채근담』
군 자 갱 의 정 신 백 배

사람의 평가는 관 뚜껑에 못을 친 다음에 나온다. 끝이 중요하다. 하루 해가 사라지기 직전에 노을이 불타는 것은 깊은 밤을 준비하기 위함이다. 그 아름다운 노을로 인해 긴 암흑이 낯설지 않다. 한 해의 끝에서 감귤에는 비로소 향기가 짙게 밴다. 나이 들어갈수록 탐욕에 찌들어 젊은 날의 명성조차 다 갉아먹고, 가까이에 있던 이들 다 떠나보내는 독선이 세상에는 너무나 많다. 그 정신을 맑게 다스려 헛된 집착의 노예가 되지 말아야 한다.

가장 부끄러워할 만한 것은 치아와 머리털이 쇠해가는데도 몸
과 마음이 정돈되지 않고 말과 행동에 허물과 후회가 많은 것이
다. 고을 관리가 되어 수레와 말과 하인이 뒤따르는 것이 남만 못
한 것은 부끄러워할 것이 못 된다.

最可恥者, 齒髮將衰, 而身心猶未整頓, 言行猶多尤悔. 爲鄕官而輿馬
최가치자 치발장쇠 이신심유미정돈 언행유다우회 위향관이여마

僕從之不如人, 不足恥. 『분향록』
복종지불여인 부족치

외모가 허물어지는데 마음조차 헝클어져 있다. 관심은 온통 남
의 시선에 가 있다. 체모만 중시할 뿐 내면은 살피지 않는다. 권위
로 찍어 눌러 원망과 허물만 쌓는다. 방법이 없다.

만물의 위에 우뚝이 홀로 설 때 뜻이 있다 하고, 만인의 아래
능히 자신을 굽힐 수 있을 때 기름이 있다고 한다.

獨立于萬物之上, 乃爲有志. 能屈于萬人之下, 乃爲有養.
독 립 우 만 물 지 상 내 위 유 지 능 굴 우 만 인 지 하 내 위 유 양

『뇌고당척독삼선결린집』

우뚝 홀로 서기는 쉬워도 낮추어 굽히기가 어렵다. 뜻이 있어
도 세상이 그 뜻을 용납지 않을 때 묵묵히 자신을 기르며 때를
기다릴 일이다. 그 굽힘이 뜻을 꺾는 굴종일 수는 없다. 세상에는
지고도 이기고 이겼지만 지는 그런 승부가 있다.

온전한 이름과 아름다운 절조는 혼자 차지하려 들면 안 된다. 다른 사람과 나누어야 해로움을 멀리하고 몸을 보전할 수가 있다. 욕된 행실과 더러운 이름을 남에게 전부 떠밀어도 안 된다. 끌어다 자기에게로 돌릴 때 빛을 감추고 덕을 기를 수가 있다.

完名美節, 不宜獨任, 分些與人, 可以遠害全身. 辱行汚名, 不宜全推,
완 명 미 절 불 의 독 임 분 사 여 인 가 이 원 해 전 신 욕 행 오 명 불 의 전 추
引些歸己, 可以韜光養德. 『채근담』
인 사 귀 기 가 이 도 광 양 덕

빛나고 좋은 것은 저 혼자서만 차지하고 나쁘고 추한 것은 남에게 떠넘긴다. 『노자(老子)』에 이르기를, "빛나되 번쩍거리지 않는다[光而不耀]"고 했다. 어디서나 없어서는 안 될 필요한 존재가 되어야 하지만 빛을 감추어 자신을 낮출 때 그 자리가 더욱 빛난다. 좋은 것은 남과 함께, 나쁜 것은 자신과 함께.

욕심 없는 사람은 그 말이 맑고 얽매임이 없는 사람은 그 말이 시원스럽다. 쉽게 말하고 귀에 쏙 들어와 마음을 어느새 환하게 열어준다. 그래서 속정(俗情)에 물들지 않아야 능히 설법하여 중생을 제도할 수 있다고 말하는 것이다.

無欲者其言淸, 無累者其言達, 口耳巽入, 靈竅忽啓. 故曰: 不爲俗情
무욕자기언청   무루자기언달   구이손입   영규홀계   고왈   불위속정
所染, 方能說法度人. 『소창자기』
소염   방능설법도인

맑고 시원스러운 말, 마음의 누추함을 씻어 지혜로 고이는 말씀을 듣고 싶다. 깨끗한 영혼은 남에게 감동을 준다. 속된 기운이 없어 듣는 이의 마음도 맑아진다. 속됨은 사람을 피곤하게 한다. 그는 제 자랑만 하므로 남의 혐오를 산다.

보통 사람은 큰 줄기만 봐도 파악할 수 있지만, 호걸은 그 세세
한 곳을 봐도 빈틈이 없다.

看中人, 看其大處不走作; 看豪傑, 看其小處不滲漏. 『안득장자언』
간 중 인   간 기 대 처 부 주 작   간 호 걸   간 기 소 처 불 삼 누

사회가 요구하고 자신이 정해놓은 틀을 보통 사람들은 벗어날
생각을 하지 못한다. 벗어나면 당장에 큰일이라도 날 듯이 처신한
다. 그래서 그들의 행동은 한눈에 들어온다. 금세 알 수 있다. 하
지만 호걸스런 인사들은 잘 잡히지 않는다. 아무 걸림이 없는 것
같은데 물샐 틈이 없다.

스님이 내게 말했다.

"그대와 같이 총명한 젊은이가 어찌 출가하지 않는가?"

내가 말했다.

"나는 출가한 지 이미 오래요. 그대들 스님네는 어찌 출가하지 않으시오?"

和尙向予言: "以子聰明, 何不出家?" 予曰: "我出家久矣. 爾等和尙,
화 상 향 여 언　　이 자 총 명　하 불 출 가　　여 왈　　아 출 가 구 의　　이 등 화 상
何不出家?"『오어』
하 불 출 가

단지 제 집을 떠나 산문(山門)에 드는 것이 출가가 아니다. 머리 깎고 중 된다고 출가라 하지 않는다. 속세의 번다한 인연을 모두 끊고, 여태껏 내가 누려왔던 것, 나를 나이게 했던 온갖 것에서 자유롭게 놓여날 때 비로소 출가다. 나를 보고 스님이 출가를 권유한다. 스님! 저의 출가는 그런 것이 아닙니다. 명리를 향한 속념(俗念)을 끊어버리고 학문의 길로 매진하는 것, 이욕을 향한 집착을 내던져 천고의 성현을 벗으로 삼는 것, 나의 출가는 이런 것이지요. 인간의 집착을 벗어내지 못할진대 머리 깎은 스님네도 제 눈에는 속인과 한가지로 보입니다.

3장

귀한 보물을
이것과 바꾸라

책 읽는 소리

황산곡(黃山谷)이 일찍이 말했다.

"사대부가 사흘을 책 읽지 않으면 제 말이 무미함을 깨닫게 되고, 거울 앞에 서도 그 모습이 가증스럽게 여겨진다."

미원장(米元章)도 이렇게 말했다.

"단 하루만 책을 안 읽어도 생각이 문득 거칠어짐을 느낀다."

생각해보면 고인은 자투리의 시간도 책을 덮고 있은 적이 없었다.

黃山谷嘗云: "士大夫三日不讀書, 自覺語言無味, 對鏡亦面目可憎."
황 산 곡 상 운   사 대 부 삼 일 부 독 서   자 각 어 언 무 미   대 경 역 면 목 가 증

米元章亦云: "一日不讀書, 便覺思澁." 想古人未嘗片時廢書也. 『암서유사』
미 원 장 역 운   일 일 부 독 서   변 각 사 삽   상 고 인 미 상 편 시 폐 서 야

책을 읽으면 피부에 윤기가 돈다. 눈빛이 맑아진다. 생각이 투명해진다. 책을 멀리하자 말을 해도 겉돌고, 제 모습인데도 역겹다. 생각이 뻑뻑해지고 입에는 가시가 돋은 듯 어근버근하다.

세상만사는 만족하기 쉽다. 독서만은 죽을 때까지 해도 다함이 없다. 사람이 어찌 족함을 알지 못하면서 한마음으로 책 읽기를 하지 않으랴!

萬事皆易滿足, 惟讀書終身無盡. 人何不以不知足一念加之書!
만 사 개 이 만 족 유 독 서 종 신 무 진   인 하 불 이 부 지 족 일 념 가 지 서

『소창자기』

삶의 지혜가 책 속에 들어 있다. 책은 마르지 않는 우물이다. 물을 안 마시곤 하루도 살 수 없듯 책을 읽지 않고는 하루도 살수가 없다. 입에서 가시가 돋는다.

문을 닫고 향 사르니 청복(淸福)이 넉넉하다. 이런 복을 누리지 못하는 사람은 반드시 다른 생각이 일어난다. 이런 복을 누리는 사람조차도 독서로 보태야만 한다.

掩戶焚香, 淸福已具. 如無福者, 定生他想. 更有福者, 輔以讀書.
엄호분향 청복이구 여무복자 정생타상 갱유복자 보이독서

『암서유사』

하루를 둘로 쪼개 하나는 고요히 앉아 자신과 만나고 다른 하나는 책을 펴서 고금의 성현과 만난다. 그러고도 시간이 남으면 산보하고 밥 먹고 잠을 잔다. 잡된 생각이 따로 없으니 아침까지 꿈자리가 편안하다.

문 닫으니 바로 깊은 산이요, 책을 읽자 곳곳이 정토(淨土)로구나.

閉門卽是深山, 讀書隨處淨土. 『안득장자언』
폐 문 즉 시 심 산 독 서 수 처 정 토

　서방정토가 따로 없다. 책 속에서 만나는 옛 사람의 목소리 속
에 열락의 봄동산이 들어 있다. 속세를 등져 깊은 산을 찾아갈
것 없겠다. 마음이 편안하니 여기가 바로 산중인 것을. 마음이
어수선하자 깊은 산중에 들어가서도 뜬생각만 부질없다.

심유지(沈攸之)는 늙어서 책 읽기를 더욱 좋아하여 늘 이렇게 말하곤 했다.

"진작에 현달하고 곤궁함에 정해진 운명이 있음을 알아, 십 년 독서를 못한 것이 한스럽다."

엽석림(葉石林)은 또 이렇게 말했다.

"다만 후손 중에 책 읽는 사람이 끊이지 않게 하여 저 사는 고장에서 착한 사람이 되어 살면 그뿐이지 성공하고 못하고 같은 것은 하늘에 맡길 일이다."

책 읽는 사람은 마땅히 이러한 생각을 지녀야 한다.

沈攸之晚好典册, 常曰: "早知窮達有命, 恨不十年讀書." 葉石林云: "後人
심유지만호전책 상왈 조지궁달유명 한불십년독서 엽석림운 후인
但令不斷書種, 爲鄕黨善人足矣. 若夫成否則天也." 讀書者當作此觀.
단령부단서종 위향당선인족의 약부성부즉천야 독서자당작차관

『독서십육관』

젊을 때는 진득이 책 읽기가 어렵다. 마음이 바깥으로 쏠린다. 조금만 노력하면 무언가 손에 넣을 수 있을 것만 같았다. 그러나 내가 좇은 것은 무지개였다. 궁달은 이미 정해진 인연이 있는데, 공연히 애만 태운 세월이었다. 차라리 독서에 몰두했더라면 더 좋았을 것을.

문절공(文節公) 예사(倪思)가 말했다.

"솔바람 소리, 시냇물 소리, 산새 소리, 밤벌레 소리, 학 울음 소리, 거문고 소리, 바둑 두는 소리, 빗방울이 섬돌에 떨어지는 소리, 눈보라가 들창에 흩뿌리는 소리, 차 끓이는 소리, 이는 모두 소리 가운데 지극한 정을 불러일으키는 것이다. 그러나 책 읽는 소리가 가장 좋다. 다른 사람이 책 읽는 소리만 들어도 정말 좋은데 더욱이 자제가 책 읽는 소리를 들으면 그 기쁨은 이루 말할 수가 없다."

책 읽는 사람은 마땅히 이러한 생각을 지녀야 한다.

倪文節公云: "松聲·澗聲·山禽聲·夜蟲聲·鶴聲·琴聲·棋子落聲·
예문절공운　송성 간성 산금성 야충성 학성 금성 기자락성
雨滴階聲·雪洒窓聲·煎茶聲, 皆聲之至淸者也. 而讀書聲爲最.
우적계성 설쇄창성 전다성　개성지지청자야　이독서성위최
聞他人讀書聲, 已極喜, 更聞子弟讀書聲, 則喜不可勝言矣." 讀書者
문타인독서성　이극희 갱문자제독서성 즉희불가승언의 독서자
當作此觀. 『독서십육관』
당작차관

깊은 밤 낭랑하게 청을 돋워 책 읽는 소리가 온 집안에 울려 퍼진다. 그 소리에 그만 잠을 설쳐도 자고 나면 그렇게 가뿐할 수가 없다.

남송 때 사람 조사서(趙師恕)가 나대경(羅大經)에게 말했다.

"나는 평생에 세 가지 소원이 있었소. 첫째는 세상의 좋은 사람을 죄다 알고 지내는 것이고, 둘째는 세상의 좋은 책을 다 읽어보는 것이며, 셋째는 세상의 좋은 산수를 다 구경하는 것이오."

나대경이 말했다.

"어찌 다할 수야 있겠소? 다만 이 몸이 이르는 곳마다 그냥 그저 지나치지 않을 뿐이지요."

책 읽는 사람은 마땅히 이런 생각을 지녀야 한다.

趙季仁謂羅景綸曰: "某乎生有三願: 一願識盡世間好人, 二願讀盡世間
조계인위나경륜왈 모호생유삼원 일원식진세간호인 이원독진세간

好書, 三願看盡世間好山水." 羅曰: "盡則安能, 但身到處, 莫放過耳."
호서 삼원간진세간호산수 나왈 진즉안능 단신도처 막방과이

讀書者當作此觀. 『독서십육관』
독서자당작차관

세상살이에 기운을 주는 소중한 만남들이 있다. 좋은 사람, 훌륭한 책, 멋진 산수와의 만남이 그것이다. 그러나 이것도 목표를 세워 욕심껏 할 수는 없다. 다만 한순간 한순간 이런 만남들을 그저 흘려보내고 있지나 않은지 되돌아볼 뿐이다.

내가 아직 읽지 않은 책을 보면 좋은 벗을 얻은 것 같고, 이미 읽은 책을 다시 읽으면 옛 친구를 만난 것만 같다.

吾讀未見書, 如得良友; 見已讀書, 如逢故人. 『독서십육관』
오독미견서　여득양우　견이독서　여봉고인

새로운 만남은 언제나 두근대는 설렘이 있고, 해묵은 만남은 말없이 통하는 기쁨이 있다. 책과의 '만남'은 '맛남'이다. 새것과 묵은 것의 차이가 없이 언제나 새롭다.

아직 보지 못했던 책을 읽고 지금까지 가보지 못한 산수를 가보니, 지극한 보물을 얻고 진귀한 음식을 맛본 것 같아 기특하고 통쾌하기가 말로 하기 어려웠다.

讀未曾見之書, 歷未曾到之山水, 如獲至寶, 嘗異味, 一段奇快,
독 미 증 견 지 서   역 미 증 도 지 산 수   여 획 지 보   상 이 미   일 단 기 쾌

難以語人也. 『오잡조』
난 이 어 인 야

보고 싶었지만 손에 넣을 수 없었던 책을 마침내 구해 품에 안고 와서 첫 책장을 넘길 때의 두근거림. 말만 들었을 뿐 한 번도 직접 노닐지 못했던 명산의 골짜기와 봉우리에 첫발을 들여놓을 때의 설렘. 맛난 음식을 여기에 견주며 귀한 보물을 이것과 바꾸랴!

책을 읽는 것이야말로 가장 즐거운 일이다. 역사책을 읽으면 기쁨보다 분노가 치밀어 오른다. 하지만 곰곰이 따져보면 분노가 치밀어 오르는 곳이 또한 즐거운 곳이다.

讀書最樂. 若讀史書, 則喜少怒多. 究之, 怒處亦樂處. 『유몽영』
독서최락 약독사서 즉희소노다 구지 노처역락처

역사는 어제의 자취지만 오늘이 거기에 담겨 있고 내일을 비춰준다. 역사는 어째 이다지도 어리석으냐? 인간은 왜 언제나 똑같은 짓을 되풀이하는가? 그 미망(迷妄)이 안타까워 분노하다가 보면 인간을 발견하는 기쁨이 있다.

부귀가 넘치면 교만하여 음란해지기 쉽고, 빈천이 지나치면 움츠려 얽매이기 쉽다. 환난이 많으매 주눅 들어 두려워하기 쉽고, 사람과의 접촉이 잦다 보면 꾸며 속이게 되기 쉽다. 교유가 지나치면 들떠 가볍게 되기 쉽고, 말이 많으면 실수하기 십상이다. 책을 너무 많이 읽으면 감개에 빠지기 쉽다.

多富貴則易驕淫, 多貧賤則易局促, 多患難則易恐懼, 多酬應則易
다 부 귀 즉 이 교 음   다 빈 천 즉 이 국 촉   다 환 난 즉 이 공 구   다 수 응 즉 이
機械, 多交游則易浮泛, 多言語則易差失, 多讀書則易感慨. 『목궤용담』
기 계   다 교 유 즉 이 부 범   다 언 어 즉 이 차 실   다 독 서 즉 이 감 개

지나친 빈천과 환난은 사람을 짓눌러 주눅 들게 한다. 그렇다고 넘치는 부귀가 좋은 것도 아니다. 교만과 음란에 빠져 생기는 폐해는 빈천과 환난이 가져오는 해악보다 더 치명적이다. 능수능란한 처세술은 그 사람을 가볍게 만들고 겉꾸미게 만들어 바른 길에서 벗어나게 한다. 책에 지나치게 얽매이는 것도 좋지 않다. 까닭 없이 예민해져서 감상적이 되기 쉽다.

젊은이는 세상일 때문에 책 읽기를 흐트러뜨려서는 안 된다. 마땅히 책을 읽어 세상일에 통달해야 한다.

小兒輩, 不可以世事分讀書, 當令以讀書通世事. 『암서유사』
소 아 배　불 가 이 세 사 분 독 서　당 령 이 독 서 통 세 사

이런저런 일로 독서를 방해해서는 안 된다. 이제 막 세상에 나서려는 젊은이는 독서를 통해 세상을 보는 안목을 길러야지 세상일을 핑계하여 독서를 등한히 해서는 안 된다. 많은 시간과 정열을 기울여야 알까 말까 한 일들도 책을 통하면 잠깐 사이에 내 것이 된다.

한가로운 대화를 나누면 구설을 멀리할 수 있다. 한가로운 독서는 적막함을 달래준다. 이는 늙어 할 일 없는 사람에겐 최고의 보약이지만 젊은이가 이를 배우면 잘못된다.

講閑話, 可以遠口舌. 讀閑書, 可以文寂寥. 此老廢人上上補藥,
강 한 화　가 이 원 구 설　독 한 서　가 이 문 적 료　차 로 폐 인 상 상 보 약

少年學此則敗矣. 『자술』
소 년 학 차 즉 패 의

한가로운 대화와 한갓진 독서는 쓸데없는 구설을 멀리하고 적막함을 치유해 주는 묘방이다. 그렇다고 할 일 많은 젊은이가 벌써부터 이런 늙은이 흉내나 내려 든다면 그 또한 곤란하다. 젊은이의 독서는 그저 시간이나 보내는 소일거리일 수는 없다.

모든 일에 심각한 것은 좋지 않지만 독서만은 심각하게 하지 않을 수 없다. 모든 일에 욕심 사나운 것은 마땅치 않아도 책 사는 일만은 욕심 사납지 않을 수 없다. 온갖 일이 멍청한 것은 적절치 않아도 선을 행함은 멍청하지 않을 수 없다.

凡事不宜刻, 若讀書, 則不可不刻; 凡事不宜貪, 若買書, 則不可不貪;
범 사 불 의 각   약 독 서   즉 불 가 불 각   범 사 불 의 탐   약 매 서   즉 불 가 불 탐

凡事不宜痴, 若行善, 則不可不痴. 『유몽영』
범 사 불 의 치   약 행 선   즉 불 가 불 치

심혈을 기울여 책을 읽고, 좋은 책을 보면 따지지 말고 사두며, 좋은 일은 바보 소리를 듣더라도 기쁘게 행할 일이다. 이 경우는 탐욕과 각박함, 그리고 멍청함이 도리어 미덕이 된다.

정이 많은 사람은 죽고 사는 것 때문에 마음을 바꾸지 않는다. 술을 즐기는 사람은 춥거나 덥다고 해서 주량을 고치지 않는다. 책 읽기를 좋아하는 사람은 바쁘거나 한가하거나 책 읽기를 그만 두는 법이 없다.

多情者, 不以生死易心; 好飲者, 不以寒暑改量; 喜讀書者, 不以忙
다 정 자   불 이 생 사 역 심   호 음 자   불 이 한 서 개 량   희 독 서 자   불 이 망
閑作輟. 『유몽영』
한 작 철

그는 푸른 마음을 지녔으므로 상황의 변화에 휩쓸려 이랬다저 랬다 하지 않는다. 술이 좋은데 계절을 따지겠는가? 책 읽기도 사 랑하는 사람에게 정을 주고, 술꾼이 좋은 술 앞을 그저 지나가지 못하듯이 해야 한다.

젊은 시절의 독서는 벽틈 사이로 달을 엿보는 것과 같다. 중년의 독서는 뜰 가운데서 달을 바라보는 것과 다름없다. 노년의 독서는 누각 위에서 달 구경 하는 것과 같다. 살아온 경력의 얕고 깊음에 따라 얻는 바도 얕거나 깊게 될 뿐이다.

少年讀書, 如隙中窺月; 中年讀書, 如庭中望月; 老年讀書, 如臺上
소년독서　여극중규월　중년독서　여정중망월　노년독서　여대상
玩月. 皆以閱歷之淺深, 爲所得之淺深耳. 『유몽영』
완월　개이열력지천심　위소득지천심이

젊은 날의 독서는 전체를 보지 못해 우물 안 개구리가 하늘을 보는 것과 같다. 한정된 분야의 지식을 필요한 만큼 배워 쓴다. 중년의 독서는 전체를 포괄하여 한데 아우르고자 한다. 다만 너무 넓어 두서가 없고 방향도 없다. 욕심을 거둔 만년의 독서는 그저 마음에 맞음을 구할 뿐이니 나는 없고 책만 있다.

공부하는 사람이 책을 읽는 것은 병약한 사람이 약을 복용하는 것과 같다. 원기가 점차 회복되어야 약효가 나타난다. 이와 마찬가지로 기질이 조금씩 변화해야 비로소 책 읽은 보람이 드러나게 된다.

學人之讀書, 猶弱人之服藥也. 元氣漸復, 乃見藥力. 氣質漸變,
학인지독서　유약인지복약야　원기점복　내견약력　기질점변

乃見書功.『뇌고당척독삼선결린집』
내견서공

책 읽은 효과는 금세 나타나지 않는다. 먼저 약을 거르지 않고 성의로 먹어 잔약한 원기를 회복시켜야 병세가 비로소 호전되기 시작한다. 부족한 사람에게는 공부를 하라고 들볶기보다 그 완악(頑惡)한 기질을 다듬어 변화시키는 것이 먼저다.

남송 때 학자 우무(尤袤)가 이렇게 말했다.

"배고플 때는 책을 읽으며 고기라고 생각했고 추우면 책을 읽으며 가죽옷으로 여겼다. 외로워도 책을 읽으며 마음에 맞는 벗이려니 여겼고 번민에 차 있을 때에도 책을 읽으며 온갖 아름다운 음악소리라고 생각하였다."

그가 책을 가까이하는 독실함이 이와 같았다. 책 읽는 자가 마땅히 새겨두어야 할 것이다.

尤延之嘗謂: "饑, 讀之以當肉; 寒, 讀之以當裘; 孤寂而讀之, 以當朋友;
우연지상위   기 독지이상육 한 독지이당구 고적이독지 이당붕우
幽憂而讀之, 以當金石琴瑟." 其嗜書之篤如此. 讀書者當作此觀.
유우이독지 이당금석금슬 기기서지독여차 독서자당작차관

『독서십육관보』

책이 내게는 배고플 때 생각나는 고기요 추울 때 껴입는 가죽옷이었다. 책은 내 마음에 꼭 맞는 친구, 아름답고 멋진 오케스트라였다. 책 속에서 나는 배고프고 춥지 않았다. 없는 것이 없었다.

삼국시대 위나라 사람 동우(董遇)는 좇아 배우던 자가 시간이 부족함을 괴로워하자 이렇게 말했다. "마땅히 세 가지 나머지에 해야 할 것이다. 겨울은 한 해의 나머지이고, 비오는 날은 개인 날의 나머지이며, 밤은 한낮의 나머지이다." 글을 읽는 자는 마땅히 이를 새겨둘 일이다.

董遇見從學者苦渴無日, 遇曰: "當以三餘: 冬者歲之餘, 雨者晴之餘,
동 우 견 종 학 자 고 갈 무 일   우 왈   당 이 삼 여   동 자 세 지 여   우 자 청 지 여
夜者日之餘." 讀書者當作此觀. 『독서십육관보』
야 자 일 지 여   독 서 자 당 작 차 관

공부할 시간, 책 읽을 여가가 없다고 말해서는 안 된다. 농사일로 바쁜 중에도 책 읽을 시간은 얼마든지 있다. 겨울에 농사일이 한가로워지면 그때에 읽고, 날이 흐려 들일을 나갈 수 없게 되면 그때 읽으며, 낮에는 나가 일하고 밤에는 등불을 밝혀놓고 읽을 수가 있다. 흐린 날과 겨울철에는 종일 책만 읽을 수도 있으니, 책 읽을 시간이 없지 않고, 책 읽을 마음이 없을 뿐이다.

옛사람은 겨울의 세 가지 여가를 말했지만 나는 마땅히 여름의
세 가지 여가를 말하련다. 새벽에 일어나는 것은 밤의 나머지이
고, 밤에 앉아 있는 것은 낮의 나머지이며, 낮잠 자는 것은 인사
(人事)에 응수하는 나머지이다. 옛 사람의 시에, "나는 여름 해가
긴 것을 사랑한다[我愛夏日長]"라 한 것은 참으로 거짓이 아니다.

古人以冬爲三餘. 予謂, 當以夏爲三餘: 晨起者, 夜之餘; 夜坐者,
고 인 이 동 위 삼 여　여 위　당 이 하 위 삼 여　신 기 자　야 지 여　야 좌 자

晝之餘; 午睡者, 應酬人事之餘. 故人詩云 "我愛夏日長", 洵不誣也.
주 지 여　오 수 자　응 수 인 사 지 여　고 인 시 운　아 애 하 일 장　순 불 무 야

『유몽영』

책을 읽는 데 때를 가리고 장소를 가리겠는가? 겨울은 겨울대
로 여름은 여름대로 책 읽는 기쁨은 언제나 새롭다. 더운 해가
떠오르지 않은 여름 새벽, 한낮의 열기가 식은 여름 밤은 독서의
기쁨을 배로 늘려준다. 여름 해는 길고, 겨울 해는 짧다. 여름 낮
에 낮잠을 청하는 까닭은 새벽과 밤을 기다리는 까닭이다.

천하에 책이 없다면 그뿐이지만 있을진대 반드시 읽어야 한다. 술이 없다면 그만이지만 있다면 반드시 마셔야 한다. 명산이 없다면 몰라도 있을진대 반드시 노닐어야 한다. 꽃과 달이 없다면 그만이지만 있다면 반드시 감상해야 한다. 재자가인이 없으면 모를까 있다면 반드시 사랑하고 그리워하며 아껴야만 한다.

天下無書則已, 有則必當讀; 無酒則已, 有則必當飲; 無名山則已,
천 하 무 서 즉 이   유 즉 필 당 독   무 주 즉 이   유 즉 필 당 음   무 명 산 즉 이

有則必當游; 無花月則已, 有則必當賞玩; 無才子佳人則已, 有則必當
유 즉 필 당 유   무 화 월 즉 이   유 즉 필 당 상 완   무 재 자 가 인 즉 이   유 즉 필 당

愛慕憐惜. 『유몽영』
애 모 련 석

천하에는 반드시 해야 할 일들이 참으로 많다. 마음의 양식이 될 만한 책을 읽고 가슴을 열어주는 술을 마시며, 명산대천을 유람하고 꽃향기와 달빛에 흠뻑 취하며, 재주 있는 선비와 아름다운 여인을 사랑한다. 내 삶이 그만큼 넉넉하고 풍요로워진다.

천하의 기서를 죄다 읽고서 천하의 명산에 두루 노니는 것은 인간 세상에 으뜸가는 즐거운 일이다. 그러나 어이하리. 책 시렁과 서고에 가득 얹힌 책들은 모두 돈이 있어야만 내가 볼 수 있고 짚신과 대지팡이는 부질없이 산귀신으로 하여금 나를 비웃게 한다. 말하고 나니 답답하구나.

讀盡天下奇書, 游遍天下名山, 人間第一樂事也. 奈何鄴架曹倉,
독진천하기서 유편천하명산 인간제일락사야 내하업가조창

必仗錢神見我, 芒鞋竹仗, 空敎山鬼笑人. 言之黯然. 『산화암총어』
필장전신견아 망혜죽장 공교산귀소인 언지암연

읽고 싶은 책은 너무도 많고, 가고 싶은 명산은 하고많건만 수중에 지닌 돈이 없다. 소동파는 여산(廬山)에 처음 들어가며 지은 시에서, "짚신 신고 푸르른 대지팡이에, 백 전의 돈 매달고서 노닐어보네[芒鞋靑竹杖, 自挂百錢游]"라 했다지만 나는 지팡이에 걸어둘 동전 한 닢이 없다. 공연한 생각에 마음만 상한다.

멍하니 집착을 버리고 책을 볼 때 책은 더욱 의미가 분명해진다. 덤덤하게 얽매임 없이 일을 처리할 때 일은 더욱 조리를 얻게 된다.

有兀然抛書之意以觀書, 而書益清察. 有澹然遺事之意以馭事,
유 올 연 포 서 지 의 이 관 서　이 서 익 청 찰　유 담 연 유 사 지 의 이 어 사

而事益得理. 『회심언』
이 사 익 득 리

집착을 버리니 사물이 맑고 곧게 보인다. 욕심에서 벗어나매 갈길이 오히려 분명하다. 집착은 천착을 낳고, 욕심은 탐욕을 부른다. 때로 한 걸음 물러나 사물을 바라볼 일이다. 사냥꾼의 번득이는 눈앞에서 숲의 아름다움은 찾을 길이 없다. 마음에 욕심을 지우고 가만히 책을 읽자 보이지 않던 행간(行間)이 훤히 다 보인다.

채마밭 가운데서 비록 잠시 책 읽기를 덮어두는 것은 가난하고 천한 이라면 또한 어쩔 수 없다. 가서 농사일을 살피고 오는 길에는 『맹자』를 읽으며 들꽃과 만난다. 그윽한 풀은 절로 자라나고 시내는 졸졸 소리를 내며 흘러간다. 오래도록 자리를 뜨지 못하고 있으려니까 마음은 어느새 해맑아진다.

蒔蔬園中, 雖暫廢書, 亦貧賤所當然. 往觀農, 途中讀孟子, 與野花相
시소원중　수잠폐서　역빈천소당연　왕관농　도중독맹자　여야화상
値, 幽草自生, 而水聲琅然. 延佇久之, 意思瀟洒. 『강재일록』
치　유초자생　이수성랑연　연저구지　의사소쇄

텃밭에 채소를 심어두고 책 읽을 시간이 없어 손발이 부산하다. 텃밭을 갈고 나면 들로 나가야지. 오는 길엔 조금 한갓진 마음에 『맹자』를 소리 높여 읽으며 걷는다. 들꽃이 방긋 웃으며 내게 인사를 건넨다. 들풀도 나를 안다는 듯 바람에 손을 흔든다. 시냇물도 노래하며 박자를 맞춘다. 고마워 나도 몰래 발길을 멈춘다. 마음에 기쁨이 샘솟는다.

어찌하면 티끌세상을 벗어날 수 있을까? 문을 닫아걸면 된다.
어찌해야 복을 누릴 수 있을까? 책을 읽으면 된다.

云何出塵? 閉戶是. 云何享福? 讀書是. 『유몽속영』
운하출진　폐호시　운하향복　독서시

티끌세상을 벗어나고 싶다 해서 도회지를 떠나지만 거기 또한
티끌세상일 뿐이다. 복된 삶을 향유하고 싶은가? 물질에서 구하
지 말고 책에서 구하라.

공부하고 독서하는 것이 복이다. 제 힘으로 남을 도와줄 수 있는 것이 복이다. 학문하여 저술을 남김이 있을진대 그것이 복이다. 시비 소리가 내 귀에 들려오지 않으면 그것이 복이다. 박학하면서도 바르고 성실한 벗이 있으니 그게 바로 복이다.

有工夫讀書, 謂之福; 有力量濟人, 謂之福; 有學問著述, 謂之福;
유공부독서　위지복　유력량제인　위지복　유학문저술　위지복

無是非到耳, 謂之福; 有多聞直諒之友, 謂之福. 『유몽영』
무시비도이　위지복　유다문직량지우　위지복

책이 손을 떠나지 않아 노상 즐겁고 남이 내 도움을 필요로 하니 기쁘기 그지없다. 학문하여 저술에 종사함이 복되고, 공연히 시비하는 소리가 없으니 고맙다. 여기에 나의 부족을 기워줄 벗이 한 사람 곁에 있다면 더 바랄 것이 없겠다.

신선은 누각에서 지내기를 좋아한다는데 나도 누각에서 거처하기를 즐긴다. 글 읽기는 누각에서라야 한다. 그 즐거움은 다섯 가지다. 갑자기 손님이 찾아와 문을 두드리는 놀람이 없으니 첫 번째 즐거움이다. 먼 데를 바라다볼 수 있으니 두 번째 즐거움이다. 습한 기운이 책상머리로 스며들지 않으니 세 번째 즐거움이다. 나뭇가지 끝, 대나무 꼭대기의 새들과 더불어 얘기 나눌 수 있으니 네 번째 즐거움이다. 구름 안개가 높은 처마에 깃드니 다섯 번째 즐거움이다.

仙人好樓居, 余亦好樓居. 讀書宜樓, 其快有五. 無剝啄之憬, 一快也;
선 인 호 루 거 여 역 호 루 거 독 서 의 루 기 쾌 유 오 무 박 탁 지 경 일 쾌 야

可遠眺, 二快也; 無濕氣浸床, 三快也; 木末竹顚與鳥交語, 四快也;
가 원 조 이 쾌 야 무 습 기 침 상 삼 쾌 야 목 말 죽 전 여 조 교 어 사 쾌 야

雲霞宿高檐, 五快也. 『소창자기』
운 하 숙 고 첨 오 쾌 야

높이 솟은 누각 위에 사려 앉아 책을 읽는다. 내려다보이는 숲과 마을들. 이따금 시원하게 불어오는 바람. 지저귀는 새들. 그 사이로 입김을 불어대는 구름과 안개. 신선이 따로 없다. 내가 누각 위의 독서를 사랑하는 이유다.

책을 읽으면서 성현의 정신과 만나지 못한다면 서책의 노예가 된 것이나 진배없다. 벼슬에 있으면서 백성을 사랑치 않음은 관복 입고 관을 쓴 도적이나 한가지다. 공부를 하면서도 몸소 실행하지 않으면 입만 가지고 하는 구두선(口頭禪)에 불과하다. 공업을 세우고도 덕을 베풀기를 생각지 아니하면 눈앞에서 잠시 피었다 지는 꽃과 다름없다.

讀書不見聖賢, 爲鉛槧傭. 居官不愛子民, 爲衣冠盜. 講學不尙躬行,
독서불견성현 위연참용   거관불애자민 위의관도   강학불상궁행

爲口頭禪. 立業不思種德, 爲眼前花. 『채근담』
위구두선   입업불사종덕   위안전화

마음으로 책을 읽고, 사랑으로 백성을 기르며, 배워서는 실행하고, 널리 덕을 베푼다면 이것이 곧 군자의 삶이다. 구두선(口頭禪), 안전화(眼前花)에 그친다면 군자의 독서가 서글프다.

책을 쌓아두기만 하고 읽지 않는다면 책 가게의 책장과 무엇이 다르겠는가? 읽기만 하고 실천할 수 없다면 이른바 두 발 달린 '책장'이다.

能積不能讀, 何異掌書傭子; 能讀不能行, 所謂兩足書廚. 『서암췌어』
능적불능독 하이장서용자 능독불능행 소위양족서주

서재에 책만 쌓아두고 읽지는 않으니 있으나 마나다. 책은 읽어도 실천하지 않으니 읽으나 마나다. 있으나 마나 한 책과 읽으나 마나 한 책으로 독서인을 자처하니, 무슨 보람이 있겠는가?

번화함이 많아지면 적막함도 그만큼 많게 된다. 냉담한 가운데 무한한 풍류가 있는 이유다. 교유가 적을수록 쓸데없는 일이 그만큼 줄어든다. 그렇지만 책 가운데 무궁히 이익되는 벗이 있는 것만은 못하다.

多一繁華, 卽多一寂寞, 所以冷淡中有無限風流; 少一交游, 卽少一
다 일 번 화　즉 다 일 적 막　소 이 냉 담 중 유 무 한 풍 류　소 일 교 유　즉 소 일

累墜, 不如書卷中有無窮益友. 『납담』
루 추　불 여 서 권 중 유 무 궁 익 우

떠들썩한 풍류를 너무 즐기지 말라. 그것이 끝난 뒤의 적막과 허탈을 견디기 어렵다. 냉담한 가운데 풍류의 맛이 더욱 거나해짐을 알아야 한다. 번다한 교유는 쓸데없는 걸림이 될 때가 더 많다. 차라리 책을 읽어 옛사람과 만나자.

저잣거리 가운데 살면서도 마땅히 그림을 걸어 산수를 대신하고, 화분에 경치를 담아 동산을 대신하며 책으로 벗을 대신한다.

居城市中, 當以畵幅當山水, 以盆景當苑囿, 以書籍當朋友. 『유몽영』
거 성 시 중   당 이 화 폭 당 산 수   이 분 경 당 원 유   이 서 적 당 붕 우

내 곁에 마음 붙일 산수가 없고, 산보할 동산이 없으며, 흉금을 터 얘기할 벗이 없다. 그래서 산수화를 구해다가 벽에다 걸고, 화분에 동산의 모습을 재현해보기도 하고, 책을 뒤적이며 천고(千古)를 벗 삼는다. 그 사이로 솔바람이 불고, 꽃 피고 새 울며, 우렁우렁한 옛 벗의 목소리가 들려온다.

학문을 함에 있어 자기보다 훨씬 나은 사람을 모범으로 삼아 스스로 힘쓴다면 몸을 마치도록 만족할 날이 없다. 어떤 경우에 처하든 자기만 못한 사람과 스스로를 비교하면 어디를 가더라도 만족하지 않을 때가 없다.

處學問, 取上等人自歷, 則終身無有余之日. 處境遇, 取下等人自況,
처 학 문   취 상 등 인 자 력   즉 종 신 무 유 여 지 일   처 경 우   취 하 등 인 자 황

則隨地無不足之時. 『난언쇄기』
즉 수 지 무 부 족 지 시

공부는 목표를 늘 올려 잡고, 생활은 기준을 항상 자기만 못한 이에게 두어야 한다. 공부에는 만족이 없어야 하나 생활은 자족하지 않으면 안 된다. 이만하면 되었다 싶은 공부는 없고, 이쯤 되면 족하다 싶은 경제도 없다. 부릴 욕심은 안 부리고 안 부릴 욕심만 키우니 삶이 불행해진다.

덕업은 저보다 나은 이를 본받을 것이요, 명예와 지위는 저만
못한 이를 살필 일이다.

德業觀前面人, 名位觀後面人. 『증정심상백이십선』
덕 업 관 전 면 인　명 위 관 후 면 인

덕업을 기르기에도 벅찬데 명예와 지위를 따질 겨를이 있겠는
가? 덕업은 넘치도록, 지위는 부족한 듯해야 한다. 그렇지 않으면
그 지위가 도리어 자신을 깎아 제 발등을 찍고 만다.

사람들은 세상을 그럭저럭 살아가므로 이리저리 애써봐도 짜증나고 괴로운 일만 생긴다. 그래서 세상을 살아가는 방법이 바로 학문하는 데 있음을 알지 못한다. 세상을 살아가려면 살피고 자세해야 한다. 학문에 있어서도 성글거나 소략해서는 안 된다. 또 삼가고 조심해야 하니 학문도 제멋대로 함부로 해서는 안 된다. 세상을 살아가려면 겸손하고 화합해야 하니 학문 또한 성글고 오만해서는 안 된다. 만약 세상을 살아가는 방법이 학문에 있음을 깨달기만 한다면 절로 세상 정리의 염증 나고 혐오스런 것이 보이지 않게 될 것이다. 날마다 이리저리 애쓰는 가운데 있으면서도 또한 수고롭고 힘든 줄 모르게 될 것이다.

人以涉世爲涉世, 故委曲周旋, 輒生厭苦, 不知涉世處卽是自己作學問處.
인 이 섭 세 위 섭 세 고 위 곡 주 선 첩 생 염 고 부 지 섭 세 처 즉 시 자 기 작 학 문 처

如涉世要周詳, 學問中原不可疏略; 要謹愼, 學問中原不可放肆;
여 섭 세 요 주 상 학 문 중 원 불 가 소 략 요 근 신 학 문 중 원 불 가 방 사

要謙和, 學問中原不可疏傲. 若能體認涉世便是學問, 則自不見世情
요 겸 화 학 문 중 원 불 가 소 오 약 능 체 인 섭 세 변 시 학 문 즉 자 불 견 세 정

可厭惡處; 卽日在委曲周旋中, 亦不覺煩勞矣. 『일록리언』
가 염 오 처 즉 일 재 위 곡 주 선 중 역 불 각 번 로 의

그럭저럭 살아가는 삶에서 좋은 일이 생길 까닭이 없다. 좀 나아질까 싶어 애를 써봐도 늘 그 모양이니 세상일이 짜증스럽고 괴롭다. 보람 있고 가치 있는 삶을 누리려면 학문을 할 일이다. 꼼꼼하고 자세히 살피는 마음, 삼가고 조심하는 마음, 겸손하고 조화로운 마음을 학문을 통해 배울 수 있다. 티끌세상의 마음 상하게 하던 많은 일들이 어느 날 문득 아무 흥미조차 없게 된다. 전보다 몇 배 힘들어도 힘든 줄을 모르게 된다.

봄바람과 봄비도 뿌리 없는 싹을 틔울 수는 없다. 배움이 향상되기를 바란다면 이는 오로지 의지력의 굳셈에 달려 있다. 의지력이야말로 배움의 뿌리이다.

春風春雨, 不能發無根之萌. 學欲尋向上去, 全在願力勝. 願力, 學之
춘 풍 춘 우   불 능 발 무 근 지 맹   학 욕 심 향 상 거   전 재 원 력 승   원 력   학 지
根也. 『축자소언』
근 야

학문은 부족함을 느껴야 발전한다. 스스로에 대한 만족은 학문의 가장 큰 적이다. 생활은 조금 부족해도 넉넉한 듯 여유로운 태도를 지닐 일이다. 아무리 훌륭한 스승이 있어도 배우려는 의지가 없다면 소용이 없다. 배우려는 의지가 뿌리라면 스승은 겨우내 봄을 기다리며 움츠려 있던 뿌리에 생명의 숨결을 불어넣는 봄바람과 봄비이다.

마음속에 해와 달 같은 밝음이 없고, 품은 뜻에 우레와 벽력 같은 분발이 없다면 더불어 배움을 말할 수가 없다.

心無日月之明, 志無雷霆之奮, 不可與言學. 『용언』
심 무 일 월 지 명   지 무 뇌 정 지 분   불 가 여 언 학

해와 달처럼 빛나는 이상, 우레와 벽력같이 용맹한 기상이 없이는 살아 펄펄 뛰는 공부를 할 수가 없다. 마지못해 하는 공부는 사람만 못쓰게 만든다.

남은 잘 보면서 자신은 못 보고 말은 잘해도 실천하지는 못하는 것, 이것이 배우는 자의 큰 병통이다. 이 병통의 뿌리를 뽑아버려야 성인 되는 공부가 갖추어졌다 할 것이다.

見人而不見己, 能言而不能行, 是學者之大病根. 拔去此根, 作聖之
견 인 이 불 견 기   능 언 이 불 능 행   시 학 자 지 대 병 근   발 거 차 근   작 성 지

功備矣. 『용언』
공 비 의

제 눈의 들보는 못 보고 남의 티끌만 본다. 말로는 자신 있는데 막상 행동으로 옮기기는 어렵다. 이 두 가지 병통을 뿌리째 뽑아야 성인으로 향해 가는 길이 비로소 열린다.

한밤에 누워 집안일을 생각하자면 마음이 번잡스러워짐을 면치 못한다. 갈피를 잡을 수 없이 생각만 어지러워지고 기운도 맑지가 않다. 천천히 내 힘으로 이룰 수 있는 것을 따져보면 덕(德) 뿐이다. 그 나머지는 내가 알 바가 아니니 내가 다시 무엇을 구하겠는가. 다만 나의 덕을 두터이 하기를 구할 뿐이다. 이런 생각을 하고 나면 마음이 안정되고 기운도 맑아진다. 내일은 글을 읽으며 스스로 힘써야겠다.

夜病臥, 思家務, 不免有所計慮, 心緖便亂, 氣卽不淸. 徐思可以力
야 병 와   사 가 무   불 면 유 소 계 려   심 서 변 란   기 즉 불 청   서 사 가 이 력
致者, 德而已. 此外非所知也. 吾何求哉, 求厚吾德耳. 心于是乎定,
치 자   덕 이 이   차 외 비 소 지 야   오 하 구 재   구 후 오 덕 이   심 우 시 호 정
氣于是乎淸. 明日書以自勉. 『강재일록』
기 우 시 호 청   명 일 서 이 자 면

번다한 세속잡사에 골몰하다가도 나 자신을 가만히 돌아보면 머리가 맑아진다. 나는 과연 올바른 삶을 살고 있는가? 내 부족함은 덮어두고 남을 원망하고만 있지는 않은가? 내일 아침엔 책상을 깨끗이 닦고서 며칠 이런저런 일로 멀리했던 책을 읽어야겠다. 마음에 낀 녹을 벗겨내야겠다.

일 없을 때는 잡념이 있지는 않은지 생각해 보고, 일이 있을 때는 거친 마음은 없는지 따져본다. 뜻을 얻었을 때는 교만하여 뽐내려는 마음이 없는지 헤아려보고, 뜻을 얻었을 때는 원망하고 바라는 마음이 있지 않은가 살펴본다. 때때로 점검하여 많다면 줄여가고 있다면 없애나가야 하니 바로 학문이 힘을 얻게 되는 지점이다.

無事便思有雜念否, 有事便思有粗氣否, 得意便思有驕矜否,
무 사 편 사 유 잡 념 부   유 사 편 사 유 조 기 부   득 의 편 사 유 교 긍 부

失意便思有怨望否. 時時檢點, 到得從多入少, 從有入無, 才是學問得
실 의 편 사 유 원 망 부   시 시 검 점   도 득 종 다 입 소   종 유 입 무   재 시 학 문 득

力處. 『작비암일찬』
력 처

일 없이 빈둥거리면 금세 잡념으로 꽉 찬다. 거친 마음으로 덤벙대는 사이에 일을 그르치고 만다. 조금 득의했다고 교만하거나 한때의 실의로 남을 원망해서도 안 된다. 배움이 단지 배움에서 그치지 않고 힘을 얻으려면 이러한 일상의 점검을 게을리하지 말아야 한다. 어제의 나에게서 과감히 떠나와야 한다.

인생이 일마다 뜻대로만 이뤄지면 뜻 같지 않은 일이 이르게 된다. 때문에 세상에서 이른바 장차 허물을 향해 간다고 말하는 것이다. 나는 이 말을 가장 좋아한다. 남들이 부러워 사모하는 것들에 대해 홀로 능히 담담할 수 있어야 그것이 학문이다.

人生事事如意, 則不如意至矣. 故俗所謂將就過, 余最善斯言.
인생사사여의 즉불여의지의 고속소위장취과 여최선사언
人所艶慕處, 獨能淡之, 方是學問. 『소궤한담』
인소염모처 독능담지 방시학문

세상의 바람은 언제나 예기치 않은 방향에서 불어온다. 바람의 방향이 바뀔 때마다 덩달아 마음이 이리저리 흔들린다면 군자의 마음가짐이랄 수 없다. 사람들은 명예와 이욕을 붙좇지만 정작 그것들은 마음의 평정을 앗아가버린다. 뜻 같지 않은 어려운 시기에도 바깥에 마음을 쏟지 않고 담담할 수 있는 것은 가슴속에 학문의 온축이 있기 때문이다.

공부를 하는 것은 먼 길을 가는 것과 같다. 반나절 지체하면 갈 수 있는 길이 반나절 줄어든다. 도에 매진함은 탑을 오르는 것과 같다. 한 층을 올라가면 보이는 것도 한 층 더 높아진다.

用功如遠行, 遲半日則程途少半日. 進道若登塔, 上一層則識見高
용 공 여 원 행　지 반 일 즉 정 도 소 반 일　진 도 약 등 탑　상 일 층 즉 식 견 고
一層. 『일득재쇄언』
일 층

학문의 길은 끝이 없다. 중간에 머뭇거리면 갈 수 있는 길이 그만큼 줄어든다. 또 그것은 탑을 오름과 같다. 한 층 한 층 오를 때마다 새로운 경계가 펼쳐진다. 안 보이던 것들이 눈에 들어온다.

세상은 바다요, 몸은 배이며, 뜻은 배의 키와 같다. 세상이 사람을 빠뜨린 것이 오래되었다. 나의 뜻이 내 몸을 건너게 해주므로 거센 풍파에도 빠지지 않을 수가 있다. 배를 모는 사람이 키를 손에서 놓아서는 안 되듯이 선비는 뜻을 굳게 하는 것보다 중요한 것이 없다.

夫世, 海也; 身, 舟也; 志, 柁也. 世之溺人久矣 吾之志. 所以度吾之身,
부세 해야 신 주야 지 타야 세지닉인구의 오지지 소이도오지신

不與風波滅沒者也. 操舟者, 柁不使去手. 故士莫要于持志. 『축자소언』
불여풍파멸몰자야 조주자 타불사거수 고사막요우지지

세상이라는 바다를 건너려면 배가 없을 수 없다. 배만 있고 키가 없다면 무작정 이리저리 쏠려 떠다니게 된다. 배에 키가 있어 방향을 가늠하듯 인간에게 의지는 올바른 삶의 방향을 일러주는 방향타가 된다. 항해사가 키를 손에서 잠시도 놓지 않듯 사람은 한시도 정신을 놓아버리는 일이 있어서는 안 된다.

4장

부족하던
내 삶이
한층 윤기롭다

생활의 예술

대나무 누각 몇 칸이 산을 등지고 물가에 임해 있다. 성근 소나무와 주욱 뻗은 대나무가 뱀처럼 꿈틀대고, 괴이한 바위는 우뚝하게 여기저기 서 있다. 그 누각 가운데 만권의 장서를 쌓아둔다. 긴 책상에 부드러운 걸상, 좋은 향과 차가 있다. 마음을 같이하는 좋은 벗이 한가하면 지나다가 들른다. 앉았다 누웠다 한가로이 얘기를 나누다가는 마음 내키는 대로 간다. 먹고 입는 것에 힘쓰지 않고 쌀과 소금 값을 묻지 않는다. 추위와 더위를 따지지 않고 시정의 소식은 입에 올리지 않는다. 은거하는 삶이 이러하다면 지극하다 하리라.

竹樓數間, 負山臨水, 疏松修竹, 詰屈委蛇, 怪石落落, 不拘位置. 藏書萬
죽루수간 부산림수 소송수죽 힐굴위사 괴석낙락 불구위치 장서만
卷其中. 長几軟榻, 一香一茗. 同心良友, 間日過從, 坐臥笑談, 隨意所適.
권기중 장궤연탑 일향일명 동심양우 간일과종 좌와소담 수의소적
不營衣食, 不問米鹽, 不敍寒暄, 不言朝市. 丘壑涯分, 于斯極矣. 『오잡조』
불영의식 불문미염 불서한훤 불언조시 구학애분 우사극의

몇 칸의 대나무 누각에 만권의 장서를 쌓아놓고 마음에 맞는 벗과 담소하며 노닐 수 있다면 호사의 극이 아닐 수 없다. 그러나 그의 마음은 맛난 음식과 좋은 옷에 있지 아니하고, 시정의 물건 값이나 시끄러운 세상 돌아가는 소식에 있지 않다. 청빈은 아니래도 맑다 하겠다.

방 하나를 깨끗이 치워 가운데 책상과 걸상을 놓는다. 향로와 찻잔 외에 다른 물건은 깨끗이 치워 잡다하게 늘어놓지 않는다. 다만 홀로 앉아 생각에 잠기면 절로 맑고 신령한 기운이 내 몸으로 몰려든다. 맑고 신령한 기운이 몰려들면 세상의 나쁘고 탁한 기운 또한 그 속에서 점점 사라져버린다.

潔一室, 橫榻陳几其中, 爐香茗甌, 蕭然不雜他物. 但獨坐凝想, 自然有
결일실 횡탑진궤기중 노향명구 소연부잡타물 단독좌응상 자연유
淸靈之氣來集我身. 淸靈之氣集, 則世界惡濁之氣, 亦從此中漸漸消去.
청령지기래집아신 청령지기집 즉세계악탁지기 역종차중점점소거

『육연재필기삼필』

사방 벽을 깨끗이 비워놓고 가운데는 책상과 의자 하나, 책상 위엔 향로와 찻잔뿐이다. 문 닫고 들어앉아 하는 일이란 향을 피우고 차를 끓여 마시며, 마음을 고요히 가라앉히고 조용히 눈을 감아 내면을 응시할 뿐이다. 정신이 맑고 쇄락해진다. 바깥에서 지니고 들어온 혼탁한 기운은 말끔히 가셔지고, 광대무변한 대자유의 경계가 눈앞에 펼쳐진다.

창 앞에 지는 달, 문밖에 드리운 등나무, 바위 옆에 얽힌 풀뿌리, 다리 어귀의 나무 그림자. 서서도 보고, 누워도 보고, 앉아도 보고, 읊조려도 보고.

窓前落月, 戶外垂蘿, 石畔草根, 橋頭樹影, 可立可臥, 可坐可吟.
창전락월 호외수라 석반초근 교두수영 가립가와 가좌가음

『취고당검소』

창가로 지는 달이 아쉬워 자꾸만 서성거린다. 문밖 등나무 푸른 그늘이 누운 내 시선을 사로잡는다. 바위 위에 얽힌 풀뿌리에 앉았다가 멀리 다리 어귀의 나무 그림자를 노래한다. 홍진(紅塵)의 티끌 생각이 그 노랫소리에 다 떠내려간다.

먼지를 털고 벼루를 씻으며 향을 사르고 차를 끓인다. 화병에 꽃을 꽂고, 주렴을 걷어 올린다. 일마다 몸소 하기에 힘들지가 않다. 이따금 조금씩 운동하여 근골과 혈맥이 막혀 엉기지 않게 한다. 이른바 흐르는 물은 썩지 않고, 문의 지도리는 좀먹지 않는다는 것이다.

拂塵滌硯, 焚香烹茶, 揷瓶花, 上簾鉤, 事事不妨身親之. 使時有小勞,
불진척연 분향팽차 삽병화 상렴구 사사불방신친지 사시유소로

筋骸血脈乃不凝滯. 所謂流水不腐, 戶樞不蠹也. 『노로항언』
근 해 혈 맥 내 불 응 체   소 위 유 수 불 부   호 추 부 두 야

허준의 『동의보감(東醫寶鑑)』 서문에는 "문의 지도리가 좀먹지 않는 것은 운동을 하기 때문이다[機樞不蠹, 運動故也]"라고 했다. 내 비록 늙었으되 잠시도 가만있지 않고 작은 일이라도 몸소 한다. 책상에 먼지가 쌓였으면 깨끗이 닦는다. 벼루에 찌꺼기가 앉으면 내 마음에 때가 묻은 듯해서 말끔히 씻어낸다. 방을 깨끗이 치워놓고 향을 사르면 정신이 맑아진다. 차를 달여 고요히 음미해 본다. 그래도 힘이 남으면 화단에 나가 꽃을 꺾어 화병에 꽂는다. 일어나 주렴을 걷고 먼 데 산을 바라본다. 온몸에 피가 제대로 돌고 뼈와 살이 부드럽다.

글씨를 잘 쓰지 못해도 붓과 벼루만큼은 깨끗하지 않으면 안 된다. 의원을 직업으로 삼지 않더라도 효험 있는 처방만큼은 없을 수 없다. 비록 바둑을 잘 두지는 못해도 바둑판은 갖춰두지 않을 수 없다.

雖不善書, 而筆硯不可不精; 雖不業醫, 而驗方不可不存; 雖不工奕,
수 불 선 서   이 필 연 불 가 부 정   수 불 업 의   이 험 방 불 가 부 존   수 불 공 혁
而楸枰不可不備. 『유몽영』
이 추 평 불 가 불 비

먹이 켜켜이 앉은 벼루는 주인의 얼굴에 묻은 때다. 게으름이다. 집 안에 급한 환자가 생겼을 때 급히 대처할 수 있는 구급의 처방쯤은 알아둘 필요가 있다. 바둑판 하나 없는 문인의 서실은 왠지 삭막해 보인다. 얼굴을 씻듯 벼루를 닦는다. 가끔씩 마음에 맞는 벗과 바둑판을 마주해 앉는다. 일이 없을 때는 볕바라기를 하며 의서(醫書)를 이리저리 뒤적거린다.

가슴속에 언덕과 골짜기를 간직하고 있다면 저잣거리라도 산속과 진배없고, 흥취를 안개와 노을에 붙이매 티끌세상일지라도 봉래산과 다름없다.

胸藏丘壑, 城市不異山林; 興寄煙霞, 閻浮有如蓬島. 『유몽영』
흉 장 구 학　성 시 불 이 산 림　흥 기 연 하　염 부 유 여 봉 도

아무래도 나는 산으로 가야겠다. 그렇지만 내 마음속에 계곡물을 흘리고 봉우리가 솟게 한다면 굳이 산속만을 찾을 이유는 없지 않을까? 그 마음을 안개와 노을에 잠기게 할진대 이 홍진 세상도 신선 사는 삼신산과 다를 게 없다.

세상만사를 모두 잊을 수 있어도 차마 잊기 어려운 것은 명예를 존중하는 그 마음이다. 온갖 것에 다 무심할 수 있지만 결코 담담할 수 없는 것은 맛있는 술 석 잔이다.

萬事可忘, 難忘者, 名心一段; 千般易淡, 未淡者, 美酒三杯. 『유몽영』
만 사 가 망 난 망 자 명 심 일 단 천 반 이 담 미 담 자 미 주 삼 배

내 이름 석 자에 대한 책임감이 명예를 존중하는 마음이다. 남에게 뽐내는 가식이 아니라 내가 내 이름 앞에 떳떳하고 싶다. 만사에 초연한 마음가짐을 지닌다 해도 저 누룩의 짙은 풍취만은 차마 무심할 수가 없다. 쓸쓸히 걸어가는 인생에 석 잔 술의 따뜻함마저 없다면 너무 슬프지 않겠는가?

산중에서 이내 몸이 소중한 존재임을 깨닫고, 도시 속에서 이 몸이 쓸데없음을 보게 된다.

山中覺此身不可無, 城郭中視此身爲贅. 『잠영록』
산 중 각 차 신 불 가 무 성 곽 중 시 차 신 위 췌

산속에서는 내 모습이 아주 뚜렷이 잘 보인다. 도시에서는 나는 없고 사람들의 모습만 보인다. 물끄러미 내가 나를 만날 수 있는 곳, 그곳은 오히려 산중이다. 도시의 번잡함 속에 나는 없다. 나는 지금 어디에 있는가?

매화는 화정선생(和靖先生) 임포(林逋)의 화신이고, 국화는 도연명(陶淵明)이 세상에 나온 것이다. 작은 동산 안에서 나는 때로 고인과 마주하곤 한다. 바위는 미원장(米元章)의 얽매임 없는 기골을 떠올리고, 대나무는 왕휘지(王徽之)의 맑은 옷깃을 생각나게 한다. 산창(山窓) 아래서 나는 언제나 좋은 친구와 만나곤 한다.

梅是和靖化身, 菊是淵明出世, 小圃內時對古人; 石想元章顚骨,
매 시 화 정 화 신　국 시 연 명 출 세　소 포 내 시 대 고 인　석 상 원 장 전 골

竹想子猷淸襟, 山窓下常逢勝友. 『원구소화』
죽 상 자 유 청 금　산 창 하 상 봉 승 우

매화와 국화에는 고인의 체취가 묻어 있다. 바위와 대나무에는 마음 통하는 벗의 정신이 담겨 있다. 작은 동산과 산창에서 언제고 이들과 함께하니 천고(千古)가 마치 하루 같다.

거위 소리를 들으면 백문(白門) 앞에 서 있는 듯하고 노 젓는 소리를 들으면 이 몸이 삼오(三吳) 땅에 배를 띄우고 있는 듯하다. 여울물 소리에 내 마음은 어느새 제강(淛江)에 있는가 싶고, 노새 목 밑에 걸린 방울 소리를 들으면 내가 마치 장안의 큰 길 위에 있는 것만 같다.

聞鵝聲如在白門, 聞櫓聲如在三吳, 聞灘聲如在淛江, 聞騾馬項下鈴
문 아 성 여 재 백 문 문 노 성 여 재 삼 오 문 탄 성 여 재 제 강 문 루 마 항 하 령
鐸聲, 如在長安道上. 『유몽영』
탁 성 여 재 장 안 도 상

거위만 보면 거위를 그렇게 좋아했던 왕희지가 그립다. 노 젓는 소리만 들어도 적벽강 위에서 소동파가 「적벽부」를 짓던 그날 밤의 그 소리가 들린다. 여울물 울어 예는 소리를 들으면 사령운(謝靈運)이 99리에 걸쳐 59개의 여울이 있는 악계(惡溪)를 지나던 그때 일이 생각난다. 노새 목에서 달랑거리는 방울 소리에 당나라 때 시인 가도(賈島)가 낙엽이 뒹구는 장안 큰 길에서 나귀 등에 올라타 괴로이 신음하며 시상(詩想)을 가다듬던 그 모습이 마치 나인 것 같다.

첫 번째 한은 글 주머니에 좀이 잘 스는 것이요, 두 번째 한은 여름날 모기가 있는 것이다. 세 번째 한은 달구경 하려 세운 물가 정자에 비가 잘 새는 것이고, 네 번째 한은 국화 잎이 쉬 타들어 가는 것이다. 다섯 번째 한은 소나무에 큰 개미가 많은 것이요, 여섯 번째 한은 대나무에 낙엽이 많은 것이다. 일곱 번째 한은 계수와 연꽃이 쉬 이우는 것이요, 여덟 번째 한은 새삼 덩굴이 독충을 감추고 있는 점이다. 아홉 번째 한은 장미에 가시가 있는 것이고, 열 번째 한은 복어에 독이 있다는 사실이다.

一恨書囊易蛀, 二恨夏夜有蚊, 三恨月臺易漏, 四恨菊葉多焦, 五恨松
일 한 서 낭 이 주   이 한 하 야 유 문   삼 한 월 대 이 누   사 한 국 엽 다 초   오 한 송
多大蟻, 六恨竹多落葉, 七恨桂荷易謝, 八恨薜蘿藏虺, 九恨架花生刺,
다 대 의   육 한 죽 다 낙 엽   칠 한 계 하 이 사   팔 한 벽 나 장 훼   구 한 가 화 생 자
十恨河豚多毒. 『유몽영』
십 한 하 돈 다 독

정말 좋은 것은 완벽하지가 않다. 복어는 독이 있어 맛이 있고, 장미는 가시가 있어서 아름답다. 일 년 내내 연꽃이 시들지 않는다면 볼 맛이 없다. 송충이가 솔잎을 갉아먹어도 소나무는 다른 나무보다 더 늠름하다. 물가에 세운 정자는 달 볼 때야 좋지만 비가 오면 달구경 하자고 열어둔 하늘이 물받이 홈통이 된다. 정말 좋은 것은 다 갖춘 데 있지 않다.

산에 숨어 살며 세태의 어지러움을 보니 역력히 눈으로 직접 본 것만 같았다. 조정에 뒤섞여 있을 때는 그렇지가 않았다. 대개 멀찍이 떨어져 보는 사람이 오히려 밝게 봄이 예로부터 이와 같았다. 소옹(邵翁)은 말했다. "높이 누워 숨어 사는 이로 하여금 베개 베고 누워 아이들 장난치는 모습을 보게 하리라."

山居觀世態紛紜, 歷歷如睹, 在中朝混揉, 未必然. 蓋旁觀者淸, 自古
산 거 관 세 태 분 운   역 력 여 도   재 중 조 혼 유   미 필 연   개 방 관 자 청   자 고
如此. 堯夫曰: "遂令高臥人, 欹枕看兒戲." 『의견』
여 차   요 부 왈   수 령 고 와 인   의 침 간 아 희

한 걸음 물러나 바라보면 사물이 더 또렷이 보인다. 판단력도 맑아진다. 숲 속에서는 숲을 볼 수가 없으매 여산(廬山)의 진면목은 언제나 손에 잡히지 않는다. 돌아보면 세상일이란 아이들의 부질없는 한바탕 장난에 지나지 않는다.

소동파가 벽지에 유배되었을 때 정천모(程天侔)란 이에게 보낸 답장에 이런 내용이 있다.

"이곳에 먹을 것이라곤 고기도 없고 아파봐야 약도 없소. 거처 래야 방도 없고 나가봐야 벗도 없소. 겨울에도 땔감이 없고 여름에는 찬 샘 하나 없으니 대부분 모두 없는 셈이라오."

내가 산에서 살아도 공에게는 없던 것이 내게는 모두 있다. 모르겠거니와 내가 무슨 공덕이 있어 이를 누린단 말인가. 다만 날마다 한 심지의 향을 사르며 고불(古佛)을 향해 죄를 뉘우칠 뿐이다.

東坡投荒時, 答程天侔云: "此間食無肉, 病無藥, 居無室, 出無友,
동 파 투 황 시   답 정 천 모 운   차 간 식 무 육   병 무 약   거 무 실   출 무 우
冬無炭, 夏無寒泉, 大率皆無耳." 余擁山居, 公所無者盡有之, 不省何德
동 무 탄   하 무 한 천   대 솔 개 무 이   여 옹 산 거   공 소 무 자 진 유 지   불 성 하 덕
而享此. 惟日拈一瓣香, 向古佛懺罪耳. 『암서유사』
이 향 차   유 일 염 일 판 향   향 고 불 참 죄 이

세상에 살아 이 자연과 더불어 삶을 살아간다는 것만으로도 얼마나 행복한가. 때로 생각해봐도 내가 무슨 공덕을 쌓아 이 복된 삶을 누리고 있나 싶어 황송해질 때가 있다. 나도 몰래 부처님을 향해 내 지은 죄를 참회하고 싶은 마음이 솟는다.

향기는 사람을 그윽하게 해주고 술은 사람을 원대하게 만든다. 바위는 사람을 우뚝하게 하고 거문고는 사람을 고요하게 한다. 차는 사람을 상쾌하게 해주고 대나무는 사람을 맑고 시원하게 만든다. 달은 사람을 고독하게 하고 바둑은 사람을 한가롭게 한다. 지팡이가 있어 발걸음이 가볍고 물은 사람을 텅 비우게 한다. 눈은 사람을 얽매임에서 벗어나게 해주고 칼은 사람을 비장하게 만든다. 부들로 짠 방석은 사람을 담담하게 만들고, 아름다운 여인은 사람을 연민에 빠지게 하며, 스님은 사람을 담박하게 한다. 꽃은 사람을 운치 있게 하고, 금석문이 새겨진 청동기나 비석은 사람을 고상하게 해준다.

香令人幽, 酒令人遠, 石令人雋, 琴令人寂, 茶令人爽, 竹令人冷, 月令人孤,
향령인유 주령인원 석령인준 금령인적 차령인상 죽령인령 월령인고

棋令人閑, 杖令人輕, 水令人空, 雪令人曠, 劍令人悲, 蒲團令人枯,
기령인한 장령인경 수령인공 설령인광 검령인비 포단령인고

美人令人憐, 僧令人淡, 花令人韻, 金石彝鼎令人古. 『암서유사』
미인령인련 승령인담 화령인운 금석이정령인고

생활 속에 놓여진 이 많은 사물들을 내 마음에 다정한 벗으로 삼자 부족하던 내 삶이 한층 윤기롭다.

문인에게 벼루는 미인의 거울과 같다. 일생 동안 곁에 두고 가장 친하게 지내는 물건인 까닭이다. 거울은 진한(秦漢) 시절의 것이라야 하고, 벼루는 송당(宋唐)의 것이어야 좋다. 옛사람은 진실로 깊이 음미할 줄 알았다.

文人之有研, 猶美人之有鏡也, 一生最相親傍. 故鏡須秦漢, 研必宋
문 인 지 유 연   유 미 인 지 유 경 야   일 생 최 상 친 방   고 경 수 진 한   연 필 송
唐. 古人良有深味. 『태평청화』
당   고 인 양 유 심 미

진한 때 거울에는 수없이 많은 비빈 궁녀들의 아름다운 청춘의 시절과 버림받은 탄식이 서려 있다. 그 거울을 매만질 때마다 떠오르는 상념이 어찌 적으랴. 당송 때 문인학사들이 사용하던 벼루에는 그네들이 먹 갈아 패인 흔적이 남아 있다. 단단한 돌이 패여 우묵해지도록 그들은 먹을 갈고 또 갈았다. 지금 그 벼루에 먹을 갈면 그이의 연찬(研鑽)하던 그 진지한 열정이 새록새록 되살아날 것만 같다.

눈 오는 경치는 산만 한 곳이 없다. 산에서 보는 눈은 달빛 아래서가 최고다. 내 일찍이 직접 눈으로 보고서 사언시를 지었다.

한밤중 돌집 창을 열고서 보니
맑게 개인 하늘에 바람 한 점 없는데,
달님만 두둥실 소나무에 걸렸고
눈 속에 닭울음이 들려오더라.

이는 실제 눈앞에 펼쳐진 광경이었다.

雪景莫若山, 山雪莫若月下. 余嘗目擊而賦四言詩云: "夜啓巖牖,
설 경 막 약 산   산 설 막 약 월 하   여 상 목 격 이 부 사 언 시 운   야 계 암 유

淡而無風, 月直松際, 鷄鳴雪中." 蓋實景也. 『암서유사』
담 이 무 풍   월 직 송 제   계 명 설 중   개 실 경 야

한밤중 그는 왜 잠이 깨어 들창을 열었을까? 달빛은 그때 왜 하필 소나무에 걸렸고, 닭은 어째서 꼭 그때 새벽을 울었을까? 눈 온 산의 달빛 새벽은 어떤 느낌을 줄까? 산거(山居)의 미명(未明)에 달은 서편 소나무 가지에 걸려 해 뜨기를 기다리고, 닭은 긴 겨울밤이 지루하다고 동트기도 전에 먼동을 울었다.

작은 창에 하늘 보고 누웠자니 달빛이 침상까지 이르러왔다. 혹 오동잎 그림자를 드리우기도 하고 버들가지를 어지러이 춤추게도 하더니, 푸른 달빛이 나를 온통 뒤덮어 정신과 육체가 모두 신선이 된 듯하였다. 그러다가 대숲 사이로 달빛이 새어 나오자 마치 푸른 구름을 토해내는 것만 같았다. 그 맑음은 달나라 항아(姮娥)가 차고 있던 패옥을 보내오는 것 같고, 그 표일(飄逸)함은 신선의 깃털 옷을 옮겨오는 듯도 하였다. 그리운 마음은 오랜 벗과 헤어져 있음을 위로하기에 넉넉하였다. 맑게 노래 부르며 홀로 이 좋은 밤을 길게 지샜다.

小窓偃臥, 月影到床, 或逗留于梧桐, 或搖亂于楊柳, 翠華撲被,
소 창 언 와   월 영 도 상   혹 두 류 우 오 동   혹 요 란 우 양 류   취 화 박 피

神骨俱仙. 及從竹裏流來, 如自蒼雲吐出, 淸逖素娥之環佩,
신 골 구 선   급 종 죽 리 유 래   여 자 창 운 토 출   청 송 소 아 지 환 패

逸移幽士之羽裳. 相思足慰于故人, 淸嘯自紆于良夜. 『소창자기』
일 이 유 사 지 우 상   상 사 족 위 우 고 인   청 소 자 우 우 량 야

팔베개를 하고 누워 하늘을 본다. 달빛이 무리 지어 방으로 들어온다. 달빛에 얼비치는 오동잎 그림자, 너울너울 춤추는 수양버들의 춤사위. 방 안은 온통 푸른 달빛에 젖어 태청허공을 둥실둥실 노니는 듯하였다.

한밤에 봉창을 열면 달빛이 서리 속에 환하고, 고기잡이 불빛은 백사장과 물가에 어른거리며, 찬 별은 무리 지어 반짝인다. 어느새 이내 몸이 나그네임도 떠돌이 신세임도 깨끗이 잊고 다만 안개 낀 수면이 나를 떠나지 못하게 붙드는 것이 고마울 뿐이다.

蓬窓夜啓, 月白于霜, 漁火沙汀, 寒星如聚. 忘却客子住楚, 但欣煙水
봉 창 야 계　월 백 우 상　어 화 사 정　한 성 여 취　망 각 객 자 주 초　단 흔 연 수

留人. 『소창자기』
류 인

한밤중 배에서 자다가 밖이 훤해오길래 봉창을 밀어젖히자 서리 달빛이 쏟아져 들어온다. 먼 물가에 흔들리는 고기잡이 불빛, 하늘 위에서 떨고 있는 얼음알 같은 별빛. 안개 자옥이 차오르는 수면 위로 남은 나의 삶을 흘려 띄우고 싶다.

가을밤 작은 누각에 앉아 둘레엔 난초와 계수나무를 심어두니,
향기론 넋과 달빛의 얼은 밤새도록 맑음을 다투어 더더욱 사람의
잠을 잊게 만든다.

秋坐小樓, 環植蘭桂, 香魂月魄, 竟夜爭淸, 尤令人忘寐. 『잠영록』
추 좌 소 루 환 식 란 계 향 혼 월 백 경 야 쟁 청 우 령 인 망 매

맑은 가을밤 작은 누각에 사려 앉은 사람. 희미한 달빛이 난초
와 계수나무 향기에 엉기어 흐른다. 해맑은 운치는 다함이 없어
나 또한 잠자리에 들지 못한다.

창 앞에는 괴석(怪石)이 시원하게 서 있어 뜻 높은 사람이 내 팔을 잡아 이끄는 풍취를 대신할 만하고, 난간 밖에는 이름난 꽃들이 곱고 어여뼈 아름다운 여인의 향기가 없다 해도 근심이 없다.

窓前俊石冷然, 可代高人把臂; 檻外名花綽若, 無煩美女分香.
창 전 준 석 냉 연　가 대 고 인 파 비　함 외 명 화 작 약　무 번 미 녀 분 향

『소창자기』

괴석으로 벗을 삼고 꽃으로 미인을 대신하니 그 맑은 운치가 상쾌하다.

정원을 꾸밀 때는 바위가 제일 중요하다. 누각을 세울 때는 나무를 잘 살펴야 한다. 수각(水閣)은 연못을 잘 활용하지 않으면 안 된다. 집 지을 때는 꽃을 고려해야 한다.

築園必因石, 築樓必因樹, 築榭必因池, 築室必因花. 『유몽속영』
축원필인석 축루필인수 축사필인지 축실필인화

괴석이 어우러진 정원, 올라 보면 나무가 보기 좋은 누각, 연못에 맞게 위치한 수각, 꽃밭이 잘 꾸며진 집. 무엇이든 제자리에 바로 놓였을 때가 아름답다.

나무 심는 법은 소동파가 최고다. 그가 말했다. "큰 나무는 살릴 수가 없고, 어린 것은 또 이 늙은이가 크게 자랄 때까지 기다릴 수가 없다. 오직 중간치 나무로 흙덩이가 많이 붙어 있는 것을 골라서 심는 것이 좋다."

種樹之法, 莫妙于東坡, 曰: "大者不能活. 小者老夫又不能待. 惟擇中
종 수 지 법   막 묘 우 동 파   왈   대 자 불 능 활   소 자 노 부 우 불 능 대   유 택 중
材而多帶土砧者爲佳." 『암서유사』
재 이 다 대 토 침 자 위 가

완전히 뿌리 내린 큰 나무를 옮겨 새 터전에 새로 자리 잡으려 들면 나무만 죽는다. 어린 나무 심어 꽃 피고 열매 맺으며 연륜을 더해가는 광경을 보자니 갑갑하다. 나는 그 중간을 선택하겠다. 다만 나무가 새 땅에서 뿌리 내리려면 옛 흙이 뿌리를 감싸 안고 있어야 한다. 그래야만 나무가 새 땅에서 몸살 앓는 것을 덜어준다.

흐르는 물소리는 귀를 기를 수 있고, 푸른 벼와 푸른 풀은 눈을 길러준다. 책을 보며 이치를 궁구하면 마음을 길러주고, 거문고를 타고 글씨를 배우는 것은 손가락을 길러준다. 지팡이 짚고 소요함은 발을 길러주고, 고요히 앉아 호흡을 가다듬으니 근골을 길러준다.

流水之聲可以養耳, 靑禾綠草可以養目, 觀書繹理可以養心, 彈琴學字
유 수 지 성 가 이 양 이   청 화 록 초 가 이 양 목   관 서 역 리 가 이 양 심   탄 금 학 자

可以養指, 逍遙杖履可以養足, 靜坐調息可以養筋骸. 『잠영록』
가 이 양 지   소 요 장 리 가 이 양 족   정 좌 조 식 가 이 양 근 해

흐르는 시냇물이 내 귀를 씻어주고 푸른 초록 세상은 내 눈을 시원하게 한다. 때로 책을 들어 옛 성현과 만나니 누추하던 마음이 한결 상쾌하다. 거문고와 글씨로 보내는 한나절, 손가락에 탄력이 붙는다. 그러다 지치면 지팡이 짚고 숲을 거닌다. 돌아와선 가부좌를 틀고 앉아 조식삼매(調息三昧)에 들어간다. 단전에 뜨거운 기운이 감돈다.

숨어 사는 곳이 세간을 벗어나지 못한다 해도 일체의 부리는 하인이나 일상 용구 및 교유하고 벗과 마주하는 일만큼은 세속을 벗어난 듯해야 한다. 꽃으로 하인을 삼고, 새와 담소하며, 물가의 푸성귀와 시냇물로 술과 안주를 대신한다. 서책으로 스승을 삼고 대나무와 바위는 벗으로 여긴다. 빗방울 소리, 널 구름의 그림자, 솔바람 소리, 여라(女蘿) 덩굴 사이로 비치는 달빛, 이는 한때의 호방한 흥취를 북돋우는 춤과 노래가 된다. 그 정경이 참으로 거나하고도 청화(淸華)하다.

幽居雖非絶世, 而一切使令供具, 交遊晤對之事, 似出世外: 花爲婢僕,
유 거 수 비 절 세 이 일 체 사 령 공 구 교 유 오 대 지 사 사 출 세 외 화 위 비 복
鳥當笑談, 溪蔌澗流代酒肴烹享. 書史作師保, 竹石資友朋. 雨聲雲影,
조 당 소 담 계 속 간 류 대 주 효 팽 향 서 사 작 사 보 죽 석 자 우 붕 우 성 운 영
松風蘿月, 爲一時豪興之歌舞. 情境固濃然亦淸華. 『소창자기』
송 풍 라 월 위 일 시 호 흥 지 가 무 정 경 고 농 연 역 청 화

마음속에 우주를 담아 맑은 눈으로 사물과 만난다. 세속에 살면서도 세속을 훌쩍 벗어났다.

소리의 운치를 논하는 사람이 말했다. 시냇물 소리, 계곡 물 소리, 대바람 소리, 솔바람 소리, 산새 지저귀는 소리, 그윽한 골짜기에 울려 퍼지는 소리, 파초 잎에 빗방울 떨어지는 소리, 꽃잎 지는 소리, 낙엽 떨어지는 소리, 이 모든 소리는 천지 사이의 맑은 소리요, 시인의 마음을 움직이는 것들이다. 그렇기는 해도 참으로 애간장을 녹이는 소리는 마땅히 꽃 파는 소리를 으뜸으로 칠 것이다.

論聲之韻者曰: 溪聲, 澗聲, 竹聲, 松聲, 山禽聲, 幽壑聲, 芭蕉雨聲,
논성지운자왈 계성 간성 죽성 송성 산금성 유학성 파초우성
落花聲, 落葉聲, 皆天地之淸籟, 詩腸之鼓吹也. 然銷魂之聽, 當以賣花
낙화성 낙엽성 개천지지청뢰 시장지고취야 연소혼지청 당이매화
聲爲第一. 『소창자기』
성위제일

자연의 소리에 귀를 기울이면 미묘한 떨림이 있다. 겨울이 지루하여 빛바랜 사진처럼 주눅 들어 틀어박혀 있을 때 창밖에서 들려오는 "꽃 사세요!" 하는 소리. 그 소리 한끝에 아직 남은 겨울이 애잔하다. 하여 봄은 또 그렇게 설렘을 안고 달려온다.

봄에는 새소리를 듣고 여름엔 매미 소리를 듣는다. 가을엔 벌레 소리를 듣고 겨울엔 눈 내리는 소리를 듣는다. 한낮엔 바둑 두는 소리, 달빛 아래선 퉁소 소리를 듣는다. 산중에서 솔바람 소리를 듣고, 물가에선 사공의 뱃노래 소리를 들으니 바야흐로 이 삶이 헛되지 않다. 못된 젊은이가 욕을 해대고, 포악한 아내가 악을 써대는 소리만큼은 참으로 귀를 먹는 것만 못하다.

春聽鳥聲, 夏聽蟬聲, 秋聽蟲聲, 冬聽雪聲, 白晝聽棋聲, 月下聽簫聲,
춘 청 조 성 하 청 선 성 추 청 충 성 동 청 설 성 백 주 청 기 성 월 하 청 소 성
山中聽松風聲, 水際聽欸乃聲, 方不虛此生耳. 若惡少斥辱, 悍妻詬誶,
산 중 청 송 풍 성 수 제 청 애 내 성 방 불 허 차 생 이 약 악 소 척 욕 한 처 후 수
眞不若耳聾也. 『유몽영』
진 불 약 이 롱 야

귀가 열려 있으매 만상의 소리들이 기쁘게 들려온다. 내 영혼에 맑은 샘물이 고여드는 것만 같다. 그 안에서 꽃이 피고 새가 운다. 그 안에서 하늘이 열리고 새가 날아간다. 때로 차라리 귀머거리가 되었으면 싶은 그런 소음도 있다.

섬돌 있는 집이 비록 작더라도 대나무 심을 빈 땅은 남겨두어야 한다. 서너 뿌리 정도 심어두고 한두 해가 지나면 자손이 번성하여 자란다. 누렇게 늙은 대는 뽑아버린다. 달밤에 대숲을 지나는 바람 소리와 빗속에 더욱 푸르른 댓잎을 실컷 누리니 이 몸이 만학천산(萬壑千山) 속에 있는 것과 무에 다르겠는가?

砌屋雖不大, 不可不留隙地種竹. 栽三四根, 一二年後, 子孫長養,
체 옥 수 부 대　　불 가 불 류 극 지 종 죽　　재 삼 사 근　　일 이 년 후　　자 손 장 양

其黃老者删去. 飽受月聲雨色, 何異萬壑千山. 『빈천쾌화』
기 황 로 자 산 거　　포 수 월 성 우 색　　하 이 만 학 천 산

옛 시조에 "솔 심어 정자 삼고 대 심어 울을 삼아"라 하였더니 옛사람 맑은 정신이 댓잎에 살아 있다. 대바람 소리 속에는 먼 데서 들려오는 거문고 소리가 있다. 그렇다. 아무리 쪼들리고 웅숭그릴지언정 어찌 제왕의 문에 듦을 부럽다 하랴.

산에서 지내는 데는 네 가지 방법이 있다. 나무는 줄을 지어 심지 않는다. 바위는 제멋대로 생긴 대로 놓아둔다. 집은 거창하게 짓지 않는다. 마음에는 속된 일을 들이지 않는다.

居山有四法: 樹無行次, 石無位置, 屋無宏肆, 心無機事. 『암서유사』
거 산 유 사 법   수 무 행 차   석 무 위 치   옥 무 굉 사   심 무 기 사

생긴 대로 자라는 나무, 제멋대로 놓인 바위, 그 사이에 한 채 오두막을 짓고, 욕심 없는 마음으로 살아간다. 모든 것이 자연스럽다.

오래 날이 흐리다가 갓 개어 앞 마을을 바라보니 시내와 산이 술에서 깬 것 같고, 물가의 꽃은 향기가 어지럽다. 새들도 뒤섞여 노래 부른다. 두세 명 벗이 제각기 먹을 것을 꺼내는데 반찬이 저마다 달랐다. 일하는 아이더러 대지팡이에 매달고 가게 해서 주인이고 손님이고 따질 것 없이 배불리 먹고 또 취하여 하루 종일 노닐다 돌아왔다. 그러고는 다른 날 다시 만나 노닐 약속을 정했다.

久陰初霽, 望前村, 溪山如醒, 汀花亂香, 禽鳥雜呼. 二三友,
구 음 초 제　　망 전 촌　　계 산 여 성　　정 화 란 향　　금 조 잡 호　　이 삼 우

各出齋飯, 葷素不等, 令童子竹杖擔去, 無主無客, 亦飽亦醉, 盡日而歸.
각 출 재 반　　훈 소 부 등　　영 동 자 죽 장 담 거　　무 주 무 객　　역 포 역 취　　진 일 이 귀

且訂異日之游. 『빈천쾌화』
차 정 이 일 지 유

음산하던 날씨가 활짝 개이니 구겨졌던 마음도 활짝 펴진다. 시내와 산들이 깨어난다. 꽃향기가 어지러우니 새들도 덩달아 야단이다. 밥과 나물 반찬을 싸서 호리병에 술을 담아 마음 맞는 벗과 소풍을 간다. 태평 시절 일민(逸民)의 모습이다. 진진한 흥취는 끝이 없어 뒷날의 약속이 없을 수 없다.

꽃을 심으면 나비를 맞이할 수 있다. 돌을 쌓아 구름을 맞이하고, 솔을 심어 바람을 맞이한다. 물을 가두어 부평을 맞이하며, 대를 쌓아 달을 맞이한다. 파초를 심어 비를 맞이하고, 버들을 심어 매미를 맞이한다.

藝花可以邀蝶, 累石可以邀雲, 栽松可以邀風, 貯水可以邀萍,
예 화 가 이 요 접　　 누 석 가 이 요 운　　 재 송 가 이 요 풍　　 저 수 가 이 요 평
築臺可以邀月, 種蕉可以邀雨, 植柳可以邀蟬. 『유몽영』
축 대 가 이 요 월　 종 초 가 이 요 우　 식 류 가 이 요 선

꽃잎에 앉은 나비, 구름에 잠긴 바위, 바람에 일렁이는 솔 가지, 부평초 떠다니는 연못. 누각에 올라 달 구경하고, 파초를 심어 그 위로 후득이는 빗소리를 듣는다. 버들을 심어 그 위에서 우는 매미의 울음소리를 듣는다. 계절 따라 변하는 사물의 어울림, 내 영혼이 문득 충만해진다.

누각 위에서 산 구경하기, 성 머리에서 눈 구경하기, 등불 앞에서 달 구경하기, 배 위에서 노을 구경하기, 달빛 아래 미인 바라보기, 이 모두 특별한 운치가 있는 정경들이다.

樓上看山, 城頭看雪, 燈前看月, 舟中看霞, 月下看美人, 別是一番
누상간산 성두간설 등전간월 주중간하 월하간미인 별시일번

情境. 『유몽영』
정 경

누각에 오르면 먼 산이 다가선다. 성 머리에 올라 온 성안에 편만하게 내리는 눈을 본다. 등불 아래 달을 보며 밝기를 견줘본다. 수면 위로 번지는 노을을 배에서 바라보는 사이에 내 마음도 함께 물들어온다. 달빛 아래 고개 숙인 미인은 얼마나 요염한가? 사물과 만날 때마다 다가서는 설렘. 내 마음이 어느새 따뜻해진다.

작은 정원에서 경치를 완상함은 제각기 마땅한 바가 있다. 바람은 소나무로 둘러싸인 높은 누각에서라야 좋고, 비는 시내가 내려다보이는 집의 들창에서가 좋다. 달구경은 물가의 평평한 정자가 적당하다. 눈은 산허리에 자리한 누각의 난간에서 바라볼 때 운치가 있다. 꽃은 구불구불한 회랑을 지난 규방에서가 좋고, 안개는 대숲가 외로운 정자에서 볼 때가 좋다. 떠오르는 해는 산꼭대기 날렵한 누각에서 맞이해야 제격이고, 저녁노을은 연못가 작은 다리에서 바라봄이 좋다. 하늘이 잔뜩 노해 우레가 칠 때면 불전에 똑바로 앉아 있는 것이 좋고, 하늘이 움츠려 안개가 자옥할 때는 문 닫아걸고 들어앉아 있는 것이 좋다.

小園玩景, 各有所宜. 風宜環松杰閣, 雨宜俯澗軒窓, 月宜臨水平臺,
소 원 완 경 각 유 소 의 풍 의 환 송 걸 각 우 의 부 간 헌 창 월 의 임 수 평 대
雪宜半山樓檻, 花宜曲廊洞房, 煙宜繞竹孤亭, 初日宜峰頂飛樓, 晚霞宜池
설 의 반 산 루 함 화 의 곡 랑 동 방 연 의 요 죽 고 정 초 일 의 봉 정 비 루 만 하 의 지
邊小約. 雷者天之盛怒, 宜危坐佛龕; 霧者天之肅氣, 宜屛居邃闥. 『유몽속영』
변 소 작 뇌 자 천 지 성 노 의 위 좌 불 감 무 자 천 지 숙 기 의 병 거 수 달

경치 구경에도 격이 있다. 섞으면 안 된다. 한번 어긋나면 문득 살풍경으로 변한다. 잘 보듬어 아껴주고 싶다. 놓일 자리에 놓여 있고 싶다.

정자는 차를 마시기에 좋고, 누각은 술 마시기에 좋다. 여관은 목욕하기에 좋고, 배는 잠 자기가 좋다. 구름은 나를 위해 태양을 가려주고, 바람은 나를 위해 무더위를 덜어준다. 달빛은 날 위해 밤 나들이 길을 밝혀준다. 서하산(棲霞山)에서 그대를 전별하는 것은 이것들이 있기 때문이다.

亭可茗, 樓可觴, 館可浴, 舟可眠; 雲爲余掩赤日, 風爲余扇酷暑,
정 가 명   누 가 상   관 가 욕   주 가 면   운 위 여 엄 적 일   풍 위 여 선 혹 서

月爲余照夜游. 餞棲霞者, 賴有此耳. 『서청산기』
월 위 여 조 야 유   전 서 하 자   뇌 유 차 이

정자에서 차를 달여 마시고, 누각에 올라 술잔을 나눈다. 여관에 들어가 목욕을 하고, 배에서 잠을 잤다. 구름은 해를 가려주고, 바람은 무더위를 씻어주었다. 밤 나들이 길에는 달이 떠올라 앞길을 비춰주었다. 이것이 내가 먼 길 떠나는 그대를 전송하고자 서하산에서 만나 노닌 놀이의 전부이다.

꽃을 감상하는 데도 때와 장소가 있다. 그 때를 얻지 못하고 제멋대로 손님을 청하면 모두 당돌한 짓이 된다. 겨울에 피는 꽃은 첫눈 올 때가 좋고, 눈이 오다가 개이거나 초승달이 뜰 때 따뜻한 안방에서 보는 것이 좋다. 봄꽃은 개인 날 약간 쌀쌀할 때 화려한 집에서 감상해야 제맛이 난다. 여름꽃은 비 온 뒤 선들바람 불어올 때 좋은 나무 그늘 아래나 대나무 밑 또는 물가 누각에서 보는 것이 제격이다. 가을꽃은 시원한 달빛 저녁이나 석양 무렵, 텅 빈 섬돌 또는 이끼 낀 길이거나, 해묵은 등나무 등걸 아니면 깎아지른 바위 옆에서 보는 것이 좋다. 만약 날씨를 따지지 않고 아름다운 땅을 가리지 않는다면 신기(神氣)가 흩어지고 느슨해져서 서로 어울리지 않게 되니, 이것은 기생집이나 술집에 있는 꽃과 무슨 차이가 있겠는가?

賞花有時有地, 不得其時而漫然命客, 皆爲唐突. 寒花宜初雪,
상 화 유 시 유 지　부 득 기 시 이 만 연 명 객　개 위 당 돌　한 화 의 초 설

宜雪霽, 宜新月, 宜暖房. 溫花宜晴日, 宜輕寒, 宜華堂. 暑花宜雨後,
의 설 제　의 신 월　의 난 방　온 화 의 청 일　의 경 한　의 화 당　서 화 의 우 후

宜快風, 宜佳木蔭, 宜竹下, 宜水閣. 凉花宜爽月, 宜夕陽, 宜空階,
의 쾌 풍　의 가 목 음　의 죽 하　의 수 각　양 화 의 상 월　의 석 양　의 공 계

宜苔徑, 宜古藤, 巉石邊. 若不論風日, 不擇佳地, 神氣散緩, 了不相屬,
의 태 경　의 고 등　참 석 변　약 불 론 풍 일　불 택 가 지　신 기 산 완　요 불 상 속

此與妓舍酒館中花何異哉! 『원중랑전집』
차 여 기 사 주 관 중 화 하 이 재

자연의 섭리에 따라 계절 맞춰 피고 지는 꽃들, 그 꽃을 구경하는 데도 예절이 있다. 때와 장소가 있다. 때와 장소를 가리지 않고 마음대로 따고 꺾으니 꽃 대접하는 이치가 그렇지가 않다. 하물며 사람이랴!

꽃을 잘 기르는 데는 열 가지 약제가 있다. 흙을 북돋워 보하여주고, 물을 주어 윤기를 돌게 하며, 이슬을 맞혀 조화를 맞춰주고, 가지를 쳐서 기를 펴게 해주며, 따뜻하게 해서 신진대사를 원활하게 한다. 햇볕을 쬐어 까실까실하게 해주고, 비를 맞혀 매끄럽게 해주며, 바람을 쐬어 이를 말려준다. 벌레를 제거하여 잘 자라게 하고, 천이나 종이로 감싸 이를 지켜준다.

醫花十劑: 壅以補之, 水以潤之, 露以和之, 摘以宣之, 火以泄之, 日以
의 화 십 제   옹 이 보 지 수 이 윤 지 노 이 화 지 적 이 선 지 화 이 설 지 일 이

澁之, 雨以滑之, 風以燥之, 袪蠹以養之, 紗籠紙帳以護之. 『유몽속영』
삽 지 우 이 활 지 풍 이 조 지 거 두 이 양 지 사 롱 지 장 이 호 지

꽃 기르는 방법이 사람을 기르는 것과 다르지 않다. 거름 주고 물 주고 이슬 맞혀 가지는 쳐준다. 햇볕도 필요하고 비와 바람도 없을 수 없다. 꽃 한 송이 제대로 보려면 품이 아주 많이 든다.

나비는 사람을 호결스럽게 하고, 벌은 사람을 우아하게 하며, 이슬은 사람을 아름답게 하고, 달은 사람을 따스하게 하니, 뜨락 가운데 핀 꽃이 조화를 이루어준다. 이름 있는 선비에게 정을 더하게 해주고, 미인에게는 자태를 더하게 해주며, 향로와 찻잔에는 기이한 빛을 더하게 해주고, 그림과 책에는 살아 있는 빛을 더하게 해주므로 방 가운데 있는 꽃은 조화에 보탬을 준다.

蝶使之俊, 峰使之雅, 露使之艶, 月使之溫, 庭中花斡旋造化者也;
접사지준　봉사지아　노사지염　월사지온　정중화알선조화자야
使名士增情, 使美人增態, 使香爐茗碗增奇光, 使圖畵書籍增活色,
사명사증정　사미인증태　사향로명완증기광　사도화서적증활색
室中花附益造化者也. 『유몽속영』
실중화부익조화자야

꽃밭에서 꽃을 가꾸고, 방 안 화병에는 꽃을 꽂아둔다. 조화가 여기서 피어나고 삶에 윤기가 흐른다.

화병에 꽃을 꽂아 책상머리에 두는 것도 또한 각각 어울리는 것
이 있다. 눈 속에 핀 매화꽃은 특히 시정(詩情)을 머물게 한다. 꽃
다운 봄날 살구꽃은 화장 거울 앞에서가 가장 사랑스럽다. 비 오
는 날 배꽃은 소녀의 애를 끊어놓는다. 바람 맞은 연꽃은 아름다
운 여인에게 미소를 머금게 한다. 해당화와 복사꽃, 오얏꽃은 화
려한 잔치 자리에서 요염함을 다툰다. 모란과 작약은 노래하고
춤추는 자리에 꼭 어울린다. 향기로운 계수나무 가지는 웃으며 담
소하는 자리를 마련해준다. 한 다발의 난초는 이별의 자리라야 제
격이다. 이렇듯 종류에 따라 정취가 달라지매 꽃은 장소와 분위기
에 따라 알맞게 꽂아야 한다.

瓶花置案頭, 亦各有相宜者: 梅芬傲雪, 便繞吟魂. 杏蕊嬌春,
병 와 치 안 두 역 각 유 상 의 자 매 분 오 설 편 요 음 혼 행 예 교 춘

最憐妝鏡. 梨花帶雨, 靑閨斷腸. 荷氣臨風, 紅顔露齒. 海棠桃李,
최 련 장 경 이 화 대 우 청 규 단 장 하 기 임 풍 홍 안 로 치 해 당 도 리

爭艶綺席. 牧丹芍藥, 乍迎歌扇. 芳桂一枝, 足開笑語. 幽蘭盈把,
쟁 염 기 석 목 단 작 약 사 영 가 선 방 계 일 지 족 개 소 어 유 란 영 파

堪贈佽離. 以此引類連情, 境趣多合. 『암서유사』
감 증 비 리 이 차 인 류 련 정 경 취 다 합

사계절 피고 지는 꽃이 있어 우리네 삶이 덜 쓸쓸해지는가도 싶다. 한겨울 눈 속에 설중매 한 분(盆)을 책상 맡에 데려다 놓으면, 찬방에 훈기가 돌고 혀끝에 시정(詩情)이 맴돌아온다. 화장대 거울 앞에 오두마니 놓인 흰 살구꽃. 소녀의 침실 한 켠에서 빗소리와 함께 떨고 있는 배꽃. 미인의 흐뭇한 미소와 함께하는 연꽃. 꽃 가운데는 흥겨운 잔치와 가무의 자리에 더 어울리는 꽃들도 있다. 계수나무는 벗과의 대화를 더욱 운치 있게 해주고, 한 다발의 난초는 벗과의 이별 정을 안타깝게 해준다.

눈 때문에 난간은 붉게 칠하고, 꽃 보려고 담장엔 회칠을 하며,
새 놀라고 가지는 성글게 하고, 고기 키우려 연못은 널찍이 파고,
흰 마음 간직하려 세 갈래 길을 열었네.

爲雪朱欄, 爲花粉墻, 爲鳥疏枝, 爲魚廣池, 爲素心開三徑. 『유몽속영』
위 설 주 란 위 화 분 장 위 조 소 지 위 어 광 지 위 소 심 개 삼 경

붉은 난간 위로 떨어지는 흰 눈, 흰 담벽에 더욱 선연한 꽃잎.
성글어 새가 뛰놀기 마침맞은 나뭇가지, 물고기 유유히 헤엄치는
연못. 그리고 대숲 아래로 난 세 줄기 작은 길. 마음에 맞는 벗과
노닐며 희디흰 본디 마음을 되찾고 싶다.

분 발라 화장하니 추함을 더할 뿐이고, 몸에 두른 수놓은 비단
은 속됨을 부추긴다. 금구슬 치장은 사나움을 보탠다.

脂粉長醜, 錦繡長俗, 金珠長悍. 『유몽속영』
지 분 장 추　금 수 장 속　금 주 장 한

본바탕의 부족함을 꾸미려고 화장으로 덧칠하지만 그럴수록
추함이 드러난다. 비단옷을 몸에 둘렀다 해서 속됨까지 가려주진
못한다. 몸을 보석으로 치장하여 남이 고상하게 보아주길 기대하
나 도리어 사납고 볼썽사납다. 정신의 향기는 겉꾸밈으로 되는 것
이 아니다.

꽃향기는 좋은 향과 같아 단향(檀香)을 굳이 사르지 않아도 괜찮다. 이슬은 좋은 차에 견줄 만하니 운각차(雲脚茶)를 공연히 다시 끓일 필요가 없다. 지극한 향기와 지극한 맛을 어디서나 얻을 수 있음을 안다면 냄새 맡고 맛보지 않아도 또한 깨달을 수가 있다.

花氣當香, 檀片可以不爇; 露華作茗, 雲脚何用更煎. 要知至香至味,
화 기 당 향　단 편 가 이 불 열　노 화 작 명　운 각 하 용 갱 전　요 지 지 향 지 미
于何采眞, 則不嗅不咀, 亦然得解. 『소창자기』
우 하 채 진　즉 불 후 부 저　역 연 득 해

꽃 아래서 향 피우기는 쓸데없는 공연한 일을 두고 웃는 말이다. 꽃향기 난만한데 다시 무슨 향이 필요할까. 이슬의 순수함을 두고 굳이 좋은 차를 끓인다면 오히려 넘치지 않겠는가? 지극한 향기와 지극한 맛은 좋은 향과 훌륭한 차 속에만 있는 것이 아니다. 눈 돌려 바라보면 지천으로 널려 있다. 그런데도 사람들은 값비싼 차와 귀한 향만을 찾아 이리저리 기웃거린다.

일 년을 꽃을 길러 단 사흘 꽃을 보니, 인정상 성에 차지 않음이 있다. 나는 사흘 동안 꽃을 감상하는 것이 또한 일 년 동안의 부지런한 수고를 저버린 것은 아니라고 생각한다. 세상 사람들은 일생 동안 애를 써도 마침내 성취함이 없고, 만약 간혹 다행히 성취하더라도 편안하게 누림을 얻지 못하는 것은 대개가 다 그러하다. 이는 일생을 수고하고서도 사흘의 보상이 없는 것이다. 어찌 슬픔을 견딜 수 있겠는가?

種花一年, 看花三日, 人情若有所未滿. 吾以爲有三日之玩賞,
종 화 일 년　간 화 삼 일　인 정 약 유 소 미 만　오 이 위 유 삼 일 지 완 상
亦不負一年之勤勞矣. 世人拮据一生, 迄無成就; 卽或幸成, 而不獲安
역 불 부 일 년 지 근 로 의　세 인 길 거 일 생　흘 무 성 취　즉 혹 행 성　이 불 획 안
亨者, 比比皆是. 是勞苦一生, 而幷無三日之償也. 可勝慨哉!『집고우록』
형 자　비 비 개 시　시 로 고 일 생　이 병 무 삼 일 지 상 야　가 승 개 재

사흘을 기쁘자고 일 년의 정성을 들인다. 사실 기쁨은 꽃을 기다리는 그 마음속에 있었다. 그것으로 충분하다. 더 바라지 않겠다.

향을 피우고 베개 베고 누웠자니 인간의 일이 덧없어 잠이 안 온다. 이때에 나는 '와은(臥隱)'이라고 해도 괜찮으니, 문득 산속에 거처를 마련해 사는 것조차 번거롭다는 생각이 든다.

焚香倚枕, 人事都盡, 夢境未來. 僕于此時, 可名'臥隱', 便覺鑿壞住山
분 향 의 침   인 사 도 진   몽 경 미 래   복 우 차 시   가 명 와 은   변 각 착 괴 주 산

爲煩. 『암서유사』
위 번

모락모락 허공에 전자(篆字)를 새기며 올라가는 향연(香烟). 베개 베고 누워 바라보고 있으려니까 내가 지금 어디에 있는지, 무엇하는 사람인지조차 생각나지 않는다. 정신은 닦아낸 유리알처럼 투명하여 말똥말똥 잠이 오지 않는다. 굳이 산중에서 굴을 파고 땅을 돋워 살아야 할 필요를 못 느끼겠다. 한 칸 방 속에도 광대무변의 자유경이 있다.

새봄이나 늦가을에 시골집 산재(山齋)에 실비가 쏟아지면 오슬
오슬 손발이 시리다. 늙은 아내가 깨끗한 적삼과 버선을 보내와
밤중에 한 겹 더 껴입으니 책 읽기가 한없이 안온하다.

春新秋殘, 村屋山齋, 絲雨驟至, 幽寒上人手足, 老妻滌潔衫襪送至,
춘 신 추 잔   촌 옥 산 재   사 우 취 지   유 한 상 인 수 족   노 처 척 결 삼 말 송 지
夜來加授一層, 讀書無窮安穩. 『빈천쾌화』
야 래 가 수 일 층   독 서 무 궁 안 온

늙은 아내는 홀로 떨어져 무슨 재미로 살까. 계절이 바뀌는 길
목은 유난히 스산하다. 안 그래도 을씨년스러운데 꽃샘추위를 부
르는 봄비, 겨울을 재촉하는 가을비마저 내릴라치면 산집의 추위
는 궁상맞은 스님네의 몰골이 된다. 때마침 늙은 아내가 정갈스
레 적삼과 버선을 보내오고, 펼쳐 만져보다가 밤중엔 그예 끼어
입는다. 호호 손을 불며 책장을 넘기는데 아내의 따뜻한 정성이
느껴져 넘기는 책장이 솜이불 속 같다.

화병 속에 꽃을 꽂아 굽어보고 올려다보고, 높게 했다가 낮게
도 해보고, 비스듬히 꽂고 바로 꽂기도 하고, 성글게 꽂고 빼곡히
꽂아도 보아 제가끔 모두 의태가 있어 화가의 사생하는 흥취를
얻어야 그제야 아름답다.

插花着瓶中, 令俯仰高下, 斜正疏密, 皆有意態, 得畵家寫生之趣,
삽 화 착 병 중   영 부 앙 고 하   사 정 소 밀   개 유 의 태   득 화 가 사 생 지 취
方佳. 『태평청화』
방 가

줄기가 늘씬한 꽃은 길고 빼곡히, 옆으로 퍼진 꽃은 낮고도 성
글게. 화병의 모양도 꽃에 따라 한결같지 않다. 호리한 병, 펑퍼짐
한 병, 꽃과 화병의 안배와 조화는 사람 사는 이치와도 닮아 있
다. 제아무리 아름다운 꽃도 제 화병이 아니고는 들꽃만도 못하
다. 사물은 놓일 자리에 놓여 있어야 한다. 그래야 때깔이 나고 빛
이 난다.

꽃을 길러 화병에 꽃을 때는 높이고 낮추고 크게 하고 작게 하는 법도가 있다. 모름지기 꽃과 화병이 서로 어우러져야 한다. 그러나 빛깔의 얕고 깊음과 짙고 엷음은 또 모름지기 꽃과는 서로 반대가 되어야 한다.

養花膽瓶, 其式之高低大小, 須與花相稱. 而色之淺深濃淡,
양 화 담 병　　기 식 지 고 저 대 소　　수 여 화 상 칭　　이 색 지 천 심 농 담
又須與花相反.『유몽영』
우 수 여 화 상 반

꽃가지가 긴 꽃은 길쭉하고 초라한 화병에, 줄기가 짧은 꽃은 왜소하고 작은 화병에 꽂아야 품격이 어우러진다. 붉은 꽃은 푸른 화병에, 흰 꽃은 검은 화병에 꽂을 때 운치가 한결 더하다. 꽃 하나 꽂는 데도 따지고 살펴야 할 것이 많다.

평생 동안 그대로였으면 싶은 것이 네 가지이니, 첫째는 푸른 산, 둘째는 오랜 친구, 셋째는 장서, 넷째는 화초다.

生平願無恙者四: 一日靑山, 一日故人, 一日藏書, 一日名卉.『소창자기』
생평원무양자사 일왈청산 일왈고인 일왈장서 일왈명훼

청산과 마주하여 묵언의 마음을 배우고, 좋은 벗과 만나 나를 비추어보며, 책에서 천고를 스승 삼고, 화초를 기르며 내 마음을 기른다.

천고 이래로 네 가지 큰 기특함이 있다. 천지야말로 한 가지 큰 기특함이요, 강산도 한 가지 큰 기특함이며, 인물과 문장 또한 한 가지 큰 기특함이다. 이 네 가지 기특함을 버리고서는 달리 기특한 곳은 없을 것이다.

千古來有四大奇; 天地一大奇, 江山一大奇, 人物一大奇, 文章一
천고래유사대기 천지일대기 강산일대기 인물일대기 문장일

大奇. 舍此四奇外, 更別無奇處. 『산화암총어』
대기 사차사기외 갱별무기처

이 하늘과 땅, 그 위로 솟은 산과 흘러가는 물, 그 기운을 받아서 인물이 나고 문장이 난다. 문장이 있어 천지와 강산이 제 빛을 얻는다. 아! 조화롭다.

옛사람이 말했다. "만약 꽃과 달, 그리고 미인이 없다면 이 세상에 살고 싶지가 않다." 내가 한마디를 덧붙여 말한다. "만약 종이와 먹, 바둑과 술이 없다면 반드시 사람의 몸으로 나지 않으리라."

昔人云: "若無花月美人, 不願生此世界." 予益一語云: "若無翰墨
석인운   약무화월미인   불원생차세계   여익일어운   약무한묵
棋酒, 不必定作人身." 『유몽영』
기주 불필정작인신

꽃과 달과 미인은 삶에 윤기를 더해주고 종이와 먹, 바둑과 술은 생활에 활력을 보탠다. 이것들이 있어 내 삶이 풍요롭다.

5장

뜻 없이 한 말이
화살이 되어
돌아온다

혀끝과 붓끝

내키는 대로 말하더라도 말은 조금 적은 듯이, 발길 가는 대로 가되 길은 한 걸음 양보하며, 붓 따라 쓰더라도 글은 한 번 더 살펴보고.

任氣語少一句, 任足路讓一步, 任筆文檢一番. 『유몽속영』
임 기 어 소 일 구   임 족 로 양 일 보   임 필 문 검 일 번

하고 싶은 말을 하고 살되 나오는 대로 다 하지는 말고 조금 아껴둘 일이다. 가고 싶은 곳을 가지만 남에게 한발 양보하는 마음가짐은 잊지 않는다. 쓰고 싶은 대로 쓰더라도 한 번 더 다듬고 매만진다. 살필수록 글은 더 좋아진다. 아낄수록 말은 힘이 더 생겨난다. 양보할 때 더 큰 것을 얻는다.

몸가짐은 엄숙하고 무게 있게, 생각은 안정되게, 낯빛은 온아하게, 기운은 화평하게, 말은 간결하면서도 절실하게, 마음은 자상하게, 뜻은 과감하고 굳세게, 꾀함은 주도면밀하게.

身要嚴重, 意要安定, 色要溫雅, 氣要和平, 語要簡切, 心要慈祥,
신 요 엄 중   의 요 안 정   색 요 온 아   기 요 화 평   어 요 간 절   심 요 자 상
志要果毅, 機要縝密. 『신음어』
지 요 과 의   기 요 진 밀

무게가 있으되 따뜻함을 머금고, 말은 아끼되 일은 과단성 있게. 마음가짐은 푸근해도 일 처리는 깔끔하게.

황당무계하여 근거 없는 말을 깨뜨리려면 단지 차가운 말 반 마디로. 앞뒤가 전도된 행실을 꿰뚫어보려면 오직 차가운 시선 한 번만.

點破無稽不根之論, 只須冷語半言. 看透陰陽顚倒之行, 惟此冷眼
점 파 무 계 불 근 지 론   지 수 냉 어 반 언   간 투 음 양 전 도 지 행   유 차 냉 안
一雙. 『소창자기』
일 쌍

근거 없는 말일수록 수다스럽다. 잘못된 행동인 줄 알기에 교언 영색의 꾸밈이 더하다. 이때는 차가운 말 반 마디, 냉정한 시선 한 번이 백 마디 충고보다 뜨끔하다.

세상과 어울리는 법은 가만히 씩 웃는 데 있고, 세상을 초탈하는 법은 차갑게 반만 말함에 있다.

應世法, 微微一笑; 度世法, 冷冷半語. 『구사』
응 세 법 미 미 일 소   도 세 법 냉 랭 반 어

자신의 생각을 나타낼 듯 감추는 씩 웃는 미소. 말할 듯 말하지 않고 차갑게 돌아서는 표정. 그 사이의 엇갈림을 아는가?

면전에서 칭찬하는 것은 뒷전에서 칭찬하는 것만 못하다. 그 사람은 깊이 감격하게 될 것이다. 넉넉하게 베푸는 것이 적게 베푸는 것만 같지 않다. 그 사람은 쉬이 만족하게 되리라.

面而譽之, 不如背而譽之, 其人之感必深. 多而施之, 不若少而施之,
면 이 예 지　불 여 배 이 예 지　기 인 지 감 필 심　다 이 시 지　불 약 소 이 시 지
其人之欲易遂. 『귀유원주담』
기 인 지 욕 이 수

남을 칭찬하는 말은 돌고 돌아 결국 본인의 귀에 들어간다. 면전에서 기리는 말은 윗사람일 경우 아첨이 되고 아랫사람이라면 넘치는 일이 된다. 칭찬을 하려거든 그가 없는 곳에서 하라. 그래야 그 동기의 순수성을 의심치 않을 테니까. 남에게 베풀 때는 조금만 베풀어라. 한꺼번에 많이 주면 받고 나서도 고마워하지 않고 더 주지 않음을 원망한다.

묵묵히 말하지 않는 사람과 만났을 때는 자신의 진심을 드러내면 안 된다. 발끈 화를 내며 뽐내기를 좋아하는 무리를 보거든 모름지기 입조심을 해야 한다.

遇沈沈不語之士, 切莫輸心; 見悻悻自好之徒, 應須防口. 『귀유원주담』
우 심 심 불 어 지 사　절 막 수 심　견 행 행 자 호 지 도　응 수 방 구

침묵하는 사람은 상대를 위압한다. 거기에 눌려 마음에도 없는 말로 침묵의 어색함을 깨지 말아라. 자신의 밑바탕이 고스란히 드러나 도리어 상대의 업수이 여김을 받게 된다. 뽐내고 으스대기를 좋아하는 자 앞에서는 특히 입을 삼가야 한다. 내가 뜻 없이 한 말도 과장되고 왜곡되어 내게 화살이 되어 돌아온다.

깊은 생각이 있는 사람은 결코 가벼이 말하지 않는다. 기특한
용기가 있는 사람은 가볍게 싸우지 않는다. 원대한 뜻이 있는 사
람은 쉽게 벼슬길에 나아가지 않는다.

有深謀者不輕言, 有奇勇者不輕鬪, 有遠志者不輕干進. 『유몽속영』
유 심 모 자 불 경 언   유 기 용 자 불 경 투   유 원 지 자 불 경 간 진

경솔한 말 한마디, 혈기를 누르지 못해서 나는 싸움은 모두 소
인배의 짓이다. 원대한 포부는 가볍게 자신을 팔지 않는다. 천 근
의 무게로 남을 압도하여 남이 내게 경복게 할 뿐, 아유구용(阿諛
苟容)으로 남에게 스스로를 굽히는 법이 없다.

근심이 있을 때는 술을 함부로 마시지 말고, 성났을 때에는 편지를 쓰지 말라.

憂時勿縱酒, 怒時勿作札. 『유몽속영』
우 시 물 종 주 노 시 물 작 찰

"술은 가슴 적셔줘 자주 잔을 들었지[酒爲澆胸屢擧觥]"라고 노래한 것은 권필(權韠)의 「희제(戲題)」에서이고, 이수광(李睟光)은 「술회(述懷)」에서 "술은 빗자루 되어 온갖 근심 빗질하네[酒爲長箒掃千愁]"라고 읊었다. 그러나 근심 속의 폭음은 근심을 녹여주기는커녕 몸을 해친다. 분노에 떨며 쓴 편지는 즉시 보내서는 안 된다. 이튿날 가라앉은 기분에 읽어본 뒤 보내도 늦지 않다. 감정은 조절할 줄 알 때 빛이 난다.

갑작스레 얻은 것은 남에게 주지 말고, 잠시 잃었다고 새것을 취하지도 말라. 잠깐의 분노로 남을 꾸짖지 말고, 잠시 기쁘다고 덜컥 대답하지 말라.

乍得勿與, 乍失勿取, 乍怒勿責, 乍喜勿諾. 『유몽속영』
사 득 물 여　사 실 물 취　사 노 물 책　사 희 물 낙

상황이나 감정의 급격한 변화는 일시적인 것이 대부분이다. 섣부른 속단이나 단정은 금물이다. 잠시의 분노로 큰 일을 그르치지 말라. 잠깐의 기쁨으로 경거망동하지 말라. 결정되지 않은 득실 앞에 일희일비(一喜一悲)하지 말라.

남이 나를 속이는 줄 알아도 말로는 표시하지 말 일이다. 남에게 모욕을 받았더라도 얼굴빛이 변해서는 안 된다. 이 가운데 무궁한 의미가 담겨 있다. 이 가운데 다함 없는 이익이 담겨 있다.

覺人之詐, 不形于言; 受人之侮, 不動于色. 此中有無窮意味, 亦有無
각 인 지 사 불 형 우 언   수 인 지 모 부 동 우 색   차 중 유 무 궁 의 미   역 유 무

窮受用. 『채근담』
궁 수 용

남이 나를 속인다고 가볍게 발끈하지 말아라. 남이 나를 모욕해도 바로 감정의 일렁임을 드러내지 말아라. 내가 침묵할수록, 내가 태연할수록 상대방은 더욱 조바심이 나고 자꾸 두려운 느낌이 일어날 것이다. 온 힘을 다해 칼을 휘둘렀는데 헛치고 만 듯한 느낌을 갖게 될 것이다.

말세를 살아가는 법은 그 요점이 농담(濃淡)과 청탁(淸濁)의 사이에서 구하는 데 있다. 격분하지도 말고 부화뇌동하지도 말라. 그리하면 몸을 보전하고 이름을 온전히 할 수 있다.

大都處末世之法, 要在濃淡淸濁之間求之. 勿激, 勿隨, 可以保身,
대 도 처 말 세 지 법　요 재 농 담 청 탁 지 간 구 지　물 격　물 수　가 이 보 신

可以全名. 『갑수원집』
가 이 전 명

어느 시대고 말세 아닌 세상은 없었다. 애초에 태평시절이란 존재한 적이 없다. 그것은 지나간 과거의 희미한 기억 속에서만 존재한다. 어지러운 세상에서 보신전명(保身全名)하는 법은 중도(中道)를 잡는 데 그 묘처가 있다. 너무 진하지도 너무 담백하지도 않게, 너무 맑지도 그렇다고 흐리지도 않게.

따뜻한 말은 솜옷을 입은 듯하고, 차가운 말은 얼음을 마시는 듯하다. 묵직한 말은 산을 등에 진 듯하고, 바른 말은 알을 누르는 듯하다. 따스한 말은 옥을 허리에 찬 듯하고, 유익한 말은 금을 주는 것 같다. 말하고 들으며 이야기 나눔에 있어 정말 꼭 맞는 말이다.

聞暖語如挾纊, 聞冷語如飮冰, 聞重語如負山, 聞危語如壓卵,
문 난 어 여 협 광   문 냉 어 여 음 빙   문 중 어 여 부 산   문 위 어 여 압 란

聞溫語如佩玉, 聞益語如贈金. 口耳之際, 倍爲親切. 『소창자기』
문 온 어 여 패 옥   문 익 어 여 증 금   구 이 지 제   배 위 친 절

말에도 표정이 있다. 떠오르는 풍경이 있다. 따뜻하면서도 냉정함을 잃지 않고, 묵직하되 바르며, 온화하고 유익한 말에는 향기가 있다.

선비는 가난하므로 물질적으로 남을 도와줄 수는 없다. 다만 어리석어 미혹한 사람과 만나면 한마디 말로 이끌어 일깨워준다. 급하고 곤란한 지경에 처한 이를 만나면 한마디 말로 해결하여 구해준다. 또한 한없는 공덕인 셈이다.

士君子貧不能濟物者, 遇人痴迷處, 出一言提醒之; 遇人急難處,
사 군 자 빈 불 능 제 물 자   우 인 치 미 처   출 일 언 제 성 지   우 인 급 난 처
出一言解救之, 亦是無量功德. 『채근담』
출 일 언 해 구 지   역 시 무 량 공 덕

밥이나 돈만 가지고 남을 도울 수 있는 것은 아니다. 밥은 금세 배고프고 돈은 쓰고 나면 그만이다. 세상을 사는 지혜는 쓰면 쓸수록 다함이 없다. 지혜의 손길은 수렁 같은 절망 속에 드리운 든든한 동아줄이다.

지금 사람들은 마음에 통쾌한 말을 하고 마음에 시원한 일을 하느라 온통 마음을 다 쏟아붓고 정을 있는 대로 다하여 조금도 남겨두지 않는다. 남에게 터럭만큼도 양보하기를 즐기지 않고, 성에 차야만 하고 자기 뜻대로 되어야만 한다. 옛사람은 말했다. 말은 다해야 맛이 아니고, 일은 끝까지 다해서는 안 된다. 쑥대 날리우는 바람을 마다하지 말고 언제나 몸 돌릴 여지는 남겨두어야 한다. 활을 너무 당기면 부러지고 달도 가득 차면 기운다. 새겨둘 일이다.

今人說快意話, 做快意事, 都用盡心機, 做到十分盡情, 一些不留
금 인 설 쾌 의 화 주 쾌 의 사   도 용 진 심 기   주 도 십 분 진 정   일 사 불 류
餘地, 一毫不肯讓人, 方才燥脾, 方才如意. 昔人云, 話不可說盡,
여 지   일 호 불 긍 양 인   방 재 조 비   방 재 여 의   석 인 운   화 불 가 설 진
事不可做盡, 莫撽滿篷風, 常留轉身地, 弓太滿則折, 月太滿則虧.
사 불 가 주 진   막 차 만 봉 풍   상 류 전 신 지   궁 태 만 즉 절   월 태 만 즉 휴
可悟也. 『전가보』
가 오 야

어떻게 매사가 뜻 같기만 하고, 마음먹은 대로만 될 것인가? 통쾌함만 찾아다니는 사이 통쾌함이 내게서 사라졌다.

탐욕스럽게 호화롭기보다는 인색하면서 삼가는 것이 낫다.

與其貪而豪擧, 不若吝而謹飭. 『형원소어』
여 기 탐 이 호 거 불 약 린 이 근 칙

탐욕스런 호사는 반드시 망한다. 인색은 미덕이 아니지만 삼가
는 마음을 지닌다면 패망에까지 이르지는 않는다.

언어는 정말 통쾌한 뜻에 이르렀을 때 문득 끊어 침묵할 수 있어야 한다. 의기는 한창 피어오를 때 가만히 눌러 거둘 수 있어야 한다. 분노와 욕망은 막 부글부글 끓어오를 때 시원스레 털어버려야 한다. 이는 천하에 큰 용기 있는 자가 아니고서는 능히 할 수 없는 일이다. 장공예(張公藝)의 백인도(百忍圖)가 또한 이 뜻이 아니겠는가?

言語正到快意時, 便截然能忍黙得; 意氣正到發揚時, 便龕然能收
언 어 정 도 쾌 의 시   변 절 연 능 인 묵 득   의 기 정 도 발 양 시   변 감 연 능 수
斂得; 忿怒嗜欲正到騰沸時, 便廓然能消化得. 非天下大勇者不能.
렴 득   분 노 기 욕 정 도 등 비 시   변 확 연 능 소 화 득   비 천 하 대 용 자 불 능
張公藝百忍圖, 亦是此意. 『잡기』
장 공 예 백 인 도   역 시 차 의

당나라 때 사람 장공예는 일가 9대가 한 집에서 사이좋게 살았다. 고종(高宗)이 그 비결을 묻자 그는 참을 인(忍) 자를 백 번 써서 회답 대신 보냈다. 참고 기다리는 끝은 있는 법이다. 절정은 파국의 시작이다. 조심하라. 다 누리려 들지 말아라.

세(勢)는 있는 대로 기대서는 안 되고, 말은 하고 싶은 대로 다 말해서는 안 된다. 복은 끝까지 다 누려서는 안 된다. 무릇 일이란 다하지 않고 남겨둘 때 그 맛이 오래간다.

勢不可倚盡, 言不可道盡, 福不可亨盡. 凡事不盡處, 意味偏長.
세 불 가 의 진   언 불 가 도 진   복 불 가 형 진   범 사 부 진 처   의 미 편 장

『취고당검소』

조금 부족한 듯한 것이 좋다. 약간은 남겨두는 것이 좋다. 말은 아끼는 것이 좋고, 복도 다 누리지 않고 물러서는 데 묘미가 있다. 끝까지 가고 나면 더 갈 데가 없다.

마음가짐은 허심탄회하게, 웃음과 말은 진솔하게, 예의는 소박
하게, 교유는 간소하게.

坦易其心胸, 眞率其笑語, 疏野其禮數, 簡少其交游. 『취고당검소』
탄 이 기 심 흉   진 솔 기 소 어   소 야 기 례 수   간 소 기 교 유

걸림이 없는 허심탄회한 마음, 거짓이 담기잖은 소탈한 웃음, 형
식에 구애되지 않는 소박한 예의, 마음이 오고 가는 간소한 우정.
삶에 용기를 주는 것들이다.

한마디 말로 천지의 조화를 깨뜨리고 한 가지 일로 평생의 복을 꺾어버리는 사람이 있다. 모름지기 점검하고 점검할 일이다.

有一言而傷天地之和, 一事而折終身之福者, 切須檢點. 『안득장자언』
유 일 언 이 상 천 지 지 화   일 사 이 절 종 신 지 복 자   절 수 검 점

입 한번 잘못 놀려 크나큰 재앙을 부른다. 사소한 한 번의 실수로 평생에 돌이킬 수 없는 상처를 얻는다. 혹 내 입이, 내 손이 그런 잘못에 빠져들고 있지는 않은지 살피고 또 살핀다.

술수는 오래 행할 수 없다. 거짓말은 자주 하면 안 된다. 술수는 교묘함 때문에 이기지만, 교묘함이 다하면 졸렬해진다. 거짓말은 꾸밈을 가지고 이기나, 꾸밈이 바닥나면 들통이 난다.

術不可以久行, 僞不可以屢作. 術以巧勝, 巧窮則拙矣. 僞以飾勝,
술 불 가 이 구 행   위 불 가 이 루 작   술 이 교 승   교 궁 즉 졸 의   위 이 식 승
飾窮則露矣. 『초현정만어』
식 궁 즉 로 의

그때그때 잔꾀를 부려 위기를 모면하는 사람이 있다. 교언영색이 그의 가장 큰 특기이다. 누구나 처음 보면 그를 좋아하지만 얼마 못 가 모두 등을 돌린다. 임시변통으로 둘러대는 거짓말이 그럴듯한 경우도 있다. 그러나 꼬리가 길면 밟히고 만다. 그런데 거짓말쟁이들은 정작 다 드러난 제 꼬리는 보지 못한다.

칼로 찌르지 않고서 사람을 죽이는 것이 둘 있다. 하나는 헐뜯는 말이고 하나는 여색이다. 헐뜯는 말은 가증스럽기나 하지만 여색은 사랑스럽다.

不刃而殺人者有二：曰讒, 曰色. 讒猶憎也, 色則愛矣. 『초현정만어』
불 인 이 살 인 자 유 이　왈 참　왈 색　참 유 증 야　색 즉 애 의

헐뜯어 비방하여 상대를 죽이는 것은 오히려 당당하다. 상대를 해하려는 의지가 분명하고 당하는 사람 또한 이것을 안다. 여색에 빠지면 자신이 지금 파멸의 길을 달려가고 있는데도 또한 기쁘게 죽겠다고 한다. 그 사람을 못쓰게 만들기는 매일반이나 여색의 경우가 더 치명적이다.

천하에 아첨을 좋아하지 않는 이는 없다. 때문에 아첨의 기술은 끝이 없다. 세간엔 온통 헐뜯기 좋아하는 무리들뿐이다. 그래서 비방의 길은 막기가 어렵다.

天下無不好諛之人, 故諂之術不窮. 世間盡是善毀之輩, 故讒之路
천 하 무 불 호 유 지 인   고 첨 지 술 불 궁   세 간 진 시 선 훼 지 배   고 참 지 로
難塞. 『소창자기』
난 색

자주 가는 데로 길이 난다. 길이 나자 더 많은 사람들이 그리로만 다닌다. 아첨은 제 몸을 낮추어 일신의 영달을 꾀함이요, 비방은 남을 깎아서 자신의 영화를 구함이다. 저만을 위하자고 달려간 데로 큰 길이 뻥 뚫렸다.

잎새 하나만 보아도 그 나무의 죽고 삶을 알 수가 있다. 낯빛만
한 번 봐도 그 사람이 병들었는지 아닌지 볼 수 있다. 한마디만
들어봐도 그 알고 있는 것이 옳은지 그른지 분간된다. 한 가지 일
만 보아도 그 마음이 삿된지 바른지 알 수 있다.

觀一葉而知樹之死生, 觀一面而知人之病否, 觀一言而知識之是非,
관 일 엽 이 지 수 지 사 생   관 일 면 이 지 인 지 병 부   관 일 언 이 지 식 지 시 비
觀一事而知心之邪正. 『신음어』
관 일 사 이 지 심 지 사 정

온 솥에 가득한 국은 한 숟가락만 떠먹어보아도 맛을 안다. 굳
이 전부 마실 필요가 없다. 불필요한 한마디가 그 사람의 감추고
싶은 본색을 드러낸다. 한마디 말, 한 가지 일로도 내 전체를 간파
당한다. 어찌 삼가고 살피지 않으랴.

마음속에서 우러난 말이 있고, 입에서만 나오는 말이 있다. 마음속에서 솟아 나오는 낯빛이 있고, 겉표정만의 낯빛이 있다. 모두 같지가 않다. 마주하는 사람이 잘 살펴야 한다.

有由衷之言, 有由口之言, 有根心之色, 有浮面之色, 各不同也. 應之
유 유 충 지 언　유 유 구 지 언　유 근 심 지 색　유 부 면 지 색　각 부 동 야　응 지
者貴審. 『신음어』
자 귀 심

구밀복검(口蜜腹劍), 입은 꿀인데 뱃속엔 칼을 숨겼다. 소리장도(笑裏藏刀), 웃는 얼굴 속에 칼을 감추었다. 그럴수록 말은 달콤하고 표정은 부드럽다. 마음에서 우러나오는 말은 무뚝뚝하게 들린다. 진심 어린 표정은 오히려 무표정에 가깝다. 잘 살펴야 실수가 없다.

귀로는 언제나 귀에 거슬리는 말을 듣고, 마음에는 늘 마음에 맞지 않는 일을 담아둔다. 이것이 덕(德)에 나아가는 수행에 있어 숫돌이 된다. 만약 듣는 말마다 귀에 달콤하고, 하는 일마다 마음에 쾌하다면 이는 문득 산 채로 짐독(鴆毒) 속에 잠겨 있는 것과 다름없다.

耳中常聞逆耳之言, 心中常有拂心之事, 才是進德修行的砥石.
이 중 상 문 역 이 지 언   심 중 상 유 불 심 지 사   재 시 진 덕 수 행 적 지 석

若言言悅耳, 事事快心, 便把此生理在鴆毒中矣. 『채근담』
약 언 언 열 이   사 사 쾌 심   변 파 차 생 매 재 짐 독 중 의

귀에 거슬리는 말이 내게는 약이 된다. 마음에 들지 않는 일이 내게는 보탬이 된다. 입에 맞는 말, 하기에 좋은 일은 당장에는 달콤해도 결국은 목숨을 앗아가는 독이다. 살아가면서 자꾸만 무뎌지는 삶의 날을 숫돌에 잘 갈아 벼려야겠다.

뜻은 하루라도 실추할 수 없고, 마음은 하루도 방만히 할 수가 없다.

志不可一日墜, 心不可一日放. 『거업록』
지 불 가 일 일 추   심 불 가 일 일 방

방심(放心), 즉 마음이 제멋대로 날뜀을 구하는 구방심(求放心) 공부를 유가(儒家)에서는 자기 수행의 바탕으로 삼는다. 의지를 확고히 다잡아 단 하루의 실추도 용납지 않고, 마음을 검속하여 잠깐 사이라도 놓아두는 일이 있어서는 안 되겠다.

뭇사람의 이름을 헐어가며 자기 일신의 뛰어남을 이루려 하지 말라. 천하의 이치를 총동원해서 자기 한 몸의 허물을 두둔치 말라.

毋毁衆人之名以成一己之善, 毋役天下之理以護一己之過. 『일록리언』
무 훼 중 인 지 명 이 성 일 기 지 선 무 역 천 하 지 리 이 호 일 기 지 과

남을 헐뜯어 자기가 올라가는 법은 없다. 그것은 원한을 사는 일일 뿐이다. 당장에 올라가더라도 결국은 더 내려가고 만다. 잘못을 궤변으로 두둔하지 말라. 더욱 수렁에 빠지지 않으려면.

사람이란 모름지기 아래위로 천 년을 바라보는 안목을 지녀야
백 년의 몸뚱어리를 그르침이 없다.

人須張上下千年眼, 方不誤百年身. 『축자소언』
인 수 장 상 하 천 년 안   방 불 오 백 년 신

"백 년도 못 되는 인생, 천 년의 근심을 안고 사네[生年不滿百,
常懷千歲憂]." 이것은 한나라 때 고시의 한 구절이다. 그러나 백 년
을 살면서도 천 년을 사는 법이 있다. 몸은 죽어도 영원히 죽지
않는 길이 있다. 지나간 역사의 거울에 비춰 앞으로 올 천 년을
바라보는 통찰의 안목을 길러야 제 한 몸 그르치는 잘못에서 벗
어날 수 있다.

남의 허물을 나무랄 때 너무 엄해서는 안 된다. 그가 받아들일 수 있는 만큼만 해야 한다. 남에게 착하게 살라고 권면할 때는 지나치게 높게 말하면 안 된다. 그가 따라올 수 있을 정도로만 해야 한다.

攻人之惡, 毋太嚴, 要思其堪受. 敎人以善, 毋過高, 當使其可從.
공인지악 무태엄 요사기감수 교인이선 무과고 당사기가종

『채근담』

지나친 나무람은 오히려 원망을 부른다. 잘되라고 한 충고가 역효과를 내게 된다. 그가 감당할 수 없는 것을 요구해서는 안 된다. 따라올 수 없게 되면 곁길로 빠지고 만다.

불우한 처지에 있으면서 초연한 말만 하면 마침내 불우하게 되고, 도량이 좁은 사람이 비분강개한 마음을 지니면 끝내 도량만 좁아진다.

牢騷時作瀟洒之語, 終究是牢騷; 窄狹人作慷慨之狀, 畢竟是窄狹.
뇌 소 시 작 소 쇄 지 어　종 구 시 뢰 소　착 협 인 작 강 개 지 상　필 경 시 착 협

『납담』

불우한 곤경에서 놓여나려면 발분(發憤)의 마음이 있어야 한다. 여기서 그저 무릎 꿇지 않겠다는 오기, 기필코 일어서고 말겠다는 집념이 있어야 한다. 그런데 세상을 초탈한 수도자처럼 한가로운 마음을 품어 그 안에 안주한다면 그 곤경에서 벗어날 길이 없다. 속 좁은 사람이 마음속에 비분강개한 분노를 품게 되면 작은 일에도 펄펄 뛰며 타고난 제 본성을 죽인다. 결과적으로 그는 더욱 제 소견을 좁게 만든다. 자신은 의기에서 나온 분노라고 생각하지만, 정작 옆의 사람까지 불편하게 만든다.

접근하기 어려운 것이 쉽게 합해지는 것보다 낫다. 면전에서 아첨하는 것은 등 뒤에서 비방하는 것보다 나쁘다.

難親勝于易合, 面諛甚于背非. 『사암연어』
난 친 승 우 이 합   면 유 심 우 배 비

　자기의 주관이 확고한 사람은 마음의 문을 쉽게 열지 않는다. 그러나 한번 열어 상대를 받아들이면 교칠(膠漆)의 사귐이 된다. 줏대도 없이 이래도 좋고 저래도 좋은 속없는 인간보다야 훨씬 낫다. 면전의 아첨은 그때만 달지 돌아서면 역겹다. 등 뒤의 비난은 비겁하지만 달콤한 면전의 아첨보다는 내게 약이 된다.

인용한 책에 대하여

※ 책 이름 가나다순이며, '칙(則)'은 '장(章)'에 해당한다.

『갑수원집(甲秀園集)』 2칙 명 비원록(費元祿, 1575~?)의 저술. 연산(鉛山) 사람.
호수 위에 집을 짓고 한적한 삶을 즐겼다. 저서에 『조채관청과(蕭采館淸
課)』와 『갑수원집』 등이 있다.

『강재일록(康齋日錄)』 5칙 명 오여필(吳與弼, 1391~1469)의 저술. 명초의 사상가
로 무주(撫州) 사람이다. 젊어 과거를 포기하고 밭 갈며 독서에 힘썼다.
후진을 양성하여 그 문도를 숭인학파(崇仁學派)라 하였다. 저서에 『강재
문집(康齋文集)』이 있다. 『강재일록』은 학문에 임하는 그의 자세를 적은
내용으로 『강재문집』 속에 수록되었다.

『강주필담(江州筆談)』 2칙 청 왕간(王侃, 1795~?)의 저술. 사천(四川) 온강(溫江)
사람. 저서에 『파산칠종(巴山七種)』이 있는데, 『강주필담』은 그 가운데
하나이다.

『거업록(居業錄)』 2칙 명 호거인(胡居仁, 1434~1484)의 저술. 강서(江西) 사람으
로 오여필(吳與弼)을 사사하여 벼슬에 뜻을 끊고 포의로 삶을 마쳤다. 저
서에 『호문경공집(胡文敬公集)』 등이 있다. 『거업록』은 그의 강학어록(講
學語錄)이다.

『구사(嘔絲)』 7칙 명 하위연(何偉然)의 저술. 절강(浙江) 인화(仁和) 사람. 생몰 미
상. 일찍이 민경현(閔景賢)과 함께 소품(小品)을 모은 『쾌서(快書)』를 편
집하였고, 뒤에 오종선(吳從先)과 같이 『광쾌서(廣快書)』를 엮었는데,
『구사』는 여기에 수록되어 있다.

『귀유원주담(歸有園麈談)』 10칙 명 서학모(徐學謨, 1522~1593)의 저술. 가정(嘉
定) 사람으로 벼슬이 예부상서(禮部尙書)에 이르렀다. 저서에 『춘명고(春
明稿)』와 『귀유원고(歸有園稿)』 등이 있다. 그는 옛사람의 "근세의 사대
부들은 벼슬을 가지고 집을 삼는지라, 벼슬을 그만두면 돌아갈 곳이 없
다"는 말을 새겨 벼슬에서 물러난 후 자신의 동산을 귀유원(歸有園)이라
이름 짓고 만년을 보냈다. 『귀유원주담』은 『보안당비급(寶顏堂秘笈)』에
실려 있다.

『난언쇄기(讕言瑣記)』1칙 청 유인지(劉因之)의 저술. 생몰 미상.『의여우필부필(蟻餘偶筆附筆)』을 엮었다.『난언쇄기』는『금릉총서(金陵叢書)』에 실려 있다.

『납담(蠟談)』7칙 청 노존심(盧存心, 1690~1758)의 저술. 절강(浙江) 전당(錢塘) 사람. 저서에『백운시집(白雲詩集)』이 있다.『납담』은『소대총서(昭代叢書)』에 수록되어 있다.

『노로항언(老老恒言)』4칙 조정동(曹庭棟, 1699~1785)의 저술. 절강 사람. 평생 벼슬에 나가지 않고 저술에만 몰두하였다. 저서에『산학정시집(産鶴亭詩集)』이 있다.『노로항언』은 75세 때의 저술로 자신의 인생경험에서 얻은 느낌을 적은 내용이다.

『뇌고당척독삼선결린집(賴古堂尺牘三選結隣集)』5칙 청 주량공(周亮工, 1612~1672)의 저술. 하남(河南) 사람. 청나라에 들어서도 호부우시랑(戶部右侍郎) 등의 벼슬을 역임하였으나, 뒤에 탄핵을 받아 하옥되었다. 저서에『뇌고당집(賴古堂集)』과『인수옥서영(因樹屋書影)』 등이 있다. 그가 편집한『뇌고당척독신초(賴古堂尺牘新鈔)』와『이선장기집(二選藏棄集)』『삼선결린집』에는 청초 문인들의 척독이 매우 풍부하게 수록되어 있다.

『독서십육관(讀書十六觀)』4칙 명말 진계유(陳繼儒, 1558~1639)의 저술로 고인의 독서와 관련된 언급들을 모아 엮은 것이다. 생애는『안득장자언』조를 참조할 것. 모두 16조로 이루어져 있고,『설부속(說郛續)』에 수록되어 있다. 불교에서 이른바 '16관(觀)'의 말이 있으므로 여기에서 따와 이름 지은 것이다.

『독서십육관보(讀書十六觀補)』2칙 명말청초 오개(吳愷)의 저술. 청나라가 들어서자 은거하여 벼슬하지 않고, 성시(城市)에 발을 들이지 않았다. 오직 밭 갈고 독서하며 자손을 훈도하였다.『독서십육관보』는 명나라 진계유의『독서십육관』을 본떠 이어 지은 것이다.『총서집성초편(叢書集成初編)』에 수록되어 있다.

『독외여언(牘外餘言)』5칙 청 원매(袁枚, 1716~1797)의 저술. 항주(杭州) 사람. 여러 고을의 수령으로 있다가 33세 때 물러나 남경(南京)에 수원(隨園)을 짓고 문인들과 어울려 노니는 삶을 살았다. 청대의 저명한 문학가로 저작이 매우 많다. 저서에『소창산방문집(小倉山房文集)』과『시집(詩集)』『수원시화(隨園詩話)』『자불어(子不語)』 등이 있다.『독외여언』은『소대총서』에 실려 있다.

『목궤용담(木几冗談)』4칙 명 팽여양(彭汝讓)의 저술. 청포(青浦) 사람으로 생몰 미상.『보안당비급』에 수록되어 있다.

『미어(邇語)』1칙 청 웅사리(熊賜履, 1635~1709)의 저술. 호북(湖北) 사람. 벼슬이 태학사(大學士)에 이르렀다. 저서에『경의재집(經義齋集)』과『조수당집(澡修堂集)』『한도록(閑道錄)』『하학당찰기(下學堂札記)』등이 있다.『미어』는『소대총서』에 실려 있다.

『백사자(白沙子)』1칙 명 진헌장(陳獻章, 1428~1500)의 저술. 광동(廣東) 사람. 호거인(胡居仁)과 함께 오여필(吳與弼)의 문하에서 수학하였다. 백사리(白沙里)에서 살았으므로 문인들이 백사선생(白沙先生)이라 일컬었다. 저서에『백사자(白沙子)』가 있다. 이 책에 수록한 글은「금수설(禽獸說)」이란 짧은 글이다.

『분향록(焚香錄)』6칙 청 맹초연(孟超然, 1731~1797)의 저술. 복건(福建) 민현(閩縣) 사람. 이부낭중(吏部郎中)을 지냈다. 42세 때 벼슬에서 물러나 독서에 힘썼다. 저서에『역원정전집(亦園亭全集)』과『병암선생유서(瓶庵先生遺書)』가 있다.『분향록』은『전집』에 실려 있다.

『빈천쾌화(貧賤快話)』7칙 청 허우(許友)의 저술. 복건 사람. 생몰 미상. 시서화에 뛰어나 삼절(三絶)이라 불리었고, 송 미불(米芾)을 사모하여 당호를 '미우당(米友堂)'이라 하였다. 저서에『미우당시집문집(米友堂詩集文集)』과『미우당잡저(米友堂雜著)』가 있다.『빈천쾌화』는『미우당잡저』에 수록되어 있다.

『사암연어(槎庵燕語)』6칙 명 내사행(來斯行)의 저술. 소산(蕭山) 사람. 생몰 미상. 벼슬이 복건우포정사(福建布布政使)에 이르렀다. 저서에『경사전오(經史典奧)』와『사암소승(槎庵小乘)』이 있다.『사암연어』는『광쾌서』와『설부속』에 수록되어 있다.

『산화암총어(散花庵叢語)』14칙 청 엽횡(葉鑅)의 저술. 생몰 미상. 강소(江蘇) 오강(吳江) 사람.『산화암총어』는『갑술총편(甲戌叢編)』에 실려 있다.

『서암췌어(西岩贅語)』6칙 청 신거운(申居鄖)의 저술. 생몰 미상. 하북(河北) 사람. 저서에『서암농주집(西岩弄珠集)』이 있다.『서암췌어』는『총서집성초편(叢書集成初編)』에 실려 있다.

『서청산기(西靑散記)』3칙 청 사진림(史震林, 1693~1779)의 저술. 강소 사람. 회안 부(淮安府) 교수(敎授)를 지냈다. 저서에 『화양산고(華陽散稿)』와 『서청산기』가 있다.

『소궤한담(掃軌閑談)』2칙 청 강희(江熙)의 저술. 생몰 미상. 『사연당총서신편(賜硯堂叢書新編)』에 실려 있다.

『소창자기(小窗自紀)』47칙 명 오종선(吳從先)의 저술. 생몰 미상. 흡현(歙縣) 사람으로 명말 청언가인 진계유, 하위연 등과 교유하였다. 사람됨이 강개(慷慨)하고도 담백하였고, 호협한 기질과 세사에 얽매이지 않는 기품을 지녔다. 저서에 『소창자기』와 『소창별기(小窗別紀)』 『소창청기(小窗淸紀)』 『소창염기(小窗艶紀)』가 있다.

『신음어(呻吟語)』17칙 명 여곤(呂坤, 1536~1618)의 저술. 하남 사람으로 벼슬이 형부시랑(刑部侍郞)에 이르렀다. 저서에 『신음어』와 『거위재문집(去僞齋文集)』 등이 있다. 『신음어』는 후대에 매우 다양한 판본으로 간행되었으며, 특히 『채근담』과 함께 일본에 큰 영향을 미쳤다.

『안득장자언(安得長者言)』16칙 명말 진계유의 저술. 송강(松江) 화정(華亭) 사람으로 29세 때 유자(儒者)의 의관을 불태워버리고, 벼슬에 뜻을 잃고 은거하여 두문불출하며 저술과 서화 창작으로 일생을 보냈다. 당시 동기창(董其昌)과 이름을 나란히 하였다. 저술에 『진미공전집(陳眉公全集)』이 있고, 편찬한 총서로 『보안당비급』이 있는데 『안득장자언』도 여기에 수록되어 있다. 『안득장자언』 서문에서 그는 "내가 젊어 사방의 명현(名賢)을 좇아 교유하였는데, 들은 것이 있으면 문득 기록하였다"고 적고 있어, 명현과 종유하면서 기문(記聞)한 내용을 정리한 것임을 알 수 있다.

『암서유사(岩栖幽事)』17칙 명말 진계유의 저술. 생애는 위와 같다. 『암서유사』는 『보안당비급』에 수록되어 있다.

『오어(悟語)』2칙 청 석방(石龐)의 저술. 안휘(安徽) 동성(桐城) 사람. 생몰 미상. 저작에 『인연몽(因緣夢)』과 『천외담(天外談)』이 있다. 『오어』는 『소대총서』 가운데 실려 있다.

『오잡조(五雜俎)』3칙 명 사조제(謝肇淛)의 저술. 복건 사람. 벼슬이 광서우포정사(廣西右布政使)에 이르렀다. 저서에 『소초재고(小草齋稿)』와 『문해비사(文海批沙)』 등이 있다. 『오잡조』는 필기(筆記)로 독서와 자신이 견문한 이야기를 기록한 것으로 고사와 풍물이 매우 풍부하게 들어 있다.

『오환방언(吳鐶放言)』9칙 청 오장(吳莊, 1624~?)의 저술. 가정(嘉定) 사람. 청초의 소품문 작가. 저서에『한평(閑評)』과『비암잡저(非庵雜著)』가 있다. 상처(喪妻)한 뒤로 오환(吳鐶)이라 자칭하였다.『오환방언』은 만년 혼자 지내던 시기의 수필로『소대총서』에 실려 있다.

『용언(庸言)』5칙 청 위상추(魏象樞, 1617~1687)의 저술. 산서(山西) 사람. 벼슬이 형부상서(刑部尙書)에 이르렀다. 저서에『유종록(儒宗錄)』과『지언록(知言錄)』『한송당집(寒松堂集)』이 있다.『용언』은『소대총서』에 실려 있다.

『원구소화(元邱素話)』7칙 명 여소지(余紹祉, 1596~1648)의 저술. 강서 사람. 저서에『만문당집(晩聞堂集)』등이 있다.『원구소화』는 여기에 수록되어 있다.

『원중랑전집(袁中郎全集)』3칙 명 원굉도(袁宏道, 1568~1610)의 저술. 공안(公安) 사람. 벼슬이 계훈낭중(稽勛郎中)에 이르렀다. 형 원종도(袁宗道)와 아우 원중도(袁中道)와 함께 나란히 문명이 높아 '삼원(三袁)'으로 일컬어졌다. '독서성령(獨抒性靈), 불구격투(不拘格套)'의 모의(摹擬)를 배격하는 주장을 펼쳐 공안파(公安派)를 열었다. 저작이 매우 많아 방대한 양의『원중랑전집』이 전한다.

『유몽속영(幽夢續影)』37칙 청 주석수(朱錫綬)의 저술. 생몰 미상. 강소 사람.『유몽속영』은 장조(張潮)의『유몽영』을 모방해서 지은 것으로,『총서집성초편(叢書集成初編)』에 실려 있다.

『유몽영(幽夢影)』58칙 청 장조(張潮, 1650~?)의 저술. 안휘(安徽) 흡현(歙縣) 사람. 한림원공목(翰林院孔目)을 지냈다.『소대총서』를 편집하였고, 소설집인『우초신지(虞初新志)』를 엮었다. 자신의 저작으로는『심재료복집(心齋聊復集)』과『화영사(花影詞)』등이 있다.『유몽영』은 당시에 가장 높은 평가를 받았던 산문 소품집으로, 모두 218칙으로 되어 있다.『소대총서』가운데 실려 있다.

『육연재필기삼필(六硏齋筆記三筆)』1칙 명 이일화(李日華, 1565~1635)의 저술. 절강(浙江) 사람. 벼슬이 태복시소경(太僕寺少卿)에 이르렀다. 서화에 능하였고, 감식안이 높았다. 저서에『미수헌일기(味水軒日記)』와『육연재필기이필삼필』등이 있다.

『의견(意見)』2칙 명 진우폐(陳于陛, 1545~1596)의 저술. 남충(南充) 사람. 벼슬이 문연각대학사(文淵閣大學士)에 이르렀다.『의견』은『보안당비급』에 들어 있다.

『일득재쇄언(一得齋瑣言)』 8칙 명 조세현(趙世顯)의 저술. 명나라 만력(萬曆) 연간의 인물로 생몰 불명. 복건 후관(侯官) 사람이다. 『일득재쇄언』은 『지원문고(芝園文稿)』 권 27, 28에 수록되어 있다. 이 밖에 저서로 『조씨연성(趙氏連城)』이 있다.

『일록리언(日錄里言)』 2칙 청 위희(魏禧, 1624~1680)의 저술. 강서 사람. 명나라가 망한 뒤 형 위상(魏祥)·위례(魏禮)와 함께 금정산(金精山)으로 은거하여 독서 강학하였다. 저서에 『위숙자집(魏叔子集)』이 있다. 『일록리언』은 『총서집성초편(叢書集成初編)』에 실려 있다.

『자감록(自監錄)』 3칙 명 황순요(黃淳耀, 1605~1645)의 저술. 가정(嘉定) 사람. 명나라가 망하자 아우와 함께 절에서 목매달아 죽었다. 저서에 『도암전집(陶庵全集)』이 있다. 『자감록』은 젊은 시절 학문에 대해 논한 말로, 『도암전집』 속에 들어 있다.

『자술(自述)』 명 주국정(朱國禎, 1557~1632)의 저술. 절강 사람. 벼슬이 문연각대학사(文淵閣大學士)에 이르렀으나, 모함으로 탄핵을 받아 병을 핑계하고 사직하였다. 저서에 『황명사개(皇明史槪)』와 『용당소품(涌幢小品)』 등이 있다. 『자술』은 『용당소품』 권 10에 수록되어 있다.

『작비암일찬(昨非庵日纂)』 9칙 명 정선(鄭瑄)의 저술. 민현(閩縣) 사람. 벼슬이 응천순무(應天巡撫)에 이르렀다. 『작비암일찬』은 고인의 격언과 의행(懿行)을 20문(門)으로 분류하여 엮은 처세격언집이다.

『잠영록(潛穎錄)』 5칙 명 진익상(陳益祥)의 저술. 후관 사람, 생몰 미상. 저서에 『채지당문집(采芝堂文集)』이 있는데, 『잠영록』은 이 책 권 12에 수록되어 있다.

『잡기(雜記)』 2칙 청 부산(傅山, 1607~1684)의 저술. 산서 사람. 명나라가 망하자 은거하였으나 강희제(康熙帝)가 박학홍사과(博學鴻詞科)로 발탁하였으나 세상을 떴다. 중서사인(中書舍人)에 배수되기도 하였으나 병으로 사양하였다. 시문과 서화, 전각 등 여러 방면에 뛰어났고, 의학에도 조예가 깊었다. 저서에 『상홍감집(霜紅龕集)』이 있는데, 『잡기』도 여기에 수록되었다.

『전가보(傳家寶)』 2칙 청 석성금(石成金, 1660~?)의 저술. 양주(揚州) 사람. 저서 『전가보』는 매우 방대하고 다양한 내용을 수록하고 있다.

『조현각잡어(朝玄閣雜語)』 2칙 명 동사장(董斯張, 1586~1628)의 저술. 절강 사람. 저서에 『취경집(吹景集)』과 『광박물지(廣博物志)』 등이 있다. 『조현각잡어』는 『취경집』에 실려 있다.

『증정심상백이십선(增訂心相百二十善)』 4칙 명말청초 심첩(沈捷)의 저술. 생몰 미상. 해녕(海寧) 사람.

『집고우록(集古偶錄)』 6칙 청 진성서(陳星瑞)의 저술. 생몰 미상. 고우(古虞) 사람. 저서에 『집고우록』과 『독고우록(讀古偶錄)』이 있다. 『집고우록』은 어록체 소품으로 전인(前人)이 지은 것을 다듬어서 쓴 것이다.

『채근담(茱根譚)』 23칙 명 홍응명(洪應明, 생몰 미상)의 저술. 중국보다 일본에서 널리 유통되어, 1822년 간행되었다.

『초현정만어(草玄亭漫語)』 8칙 명 양몽곤(楊夢袞)의 저술. 제남(濟南) 사람으로, 생몰 미상. 저서에 『대종소고(岱宗小稿)』가 있다. 『초현정만어』는 『대종 소고』 권 11, 12에 수록되어 있다.

『축자소언(祝子小言)』 10칙 명 축세록(祝世祿, 1539~1610)의 저술. 번양(鄱陽) 사람. 벼슬이 상보사경(尙寶司卿)에 이르렀다. 저서에 『환벽재시집(環碧齋詩集)』이 있다. 『축자소언』은 일명 『환벽재소품(環碧齋小品)』이라고도 한다. 『보안당비급』과 『쾌서』에 실려 있다.

『취고당검소(醉古堂劍掃)』 25칙 명 육소형(陸紹珩)의 저술. 생몰 미상. 그가 엮은 『취고당검소』는 총 12권으로 1,600여 조에 달하는 고금의 격언을 수록하였는데, 주로 명대의 청언을 중심으로 엮었다.

『칠수류고(七修類稿)』 1칙 명 낭영(郎瑛, 1487~1566)의 저술. 인화(仁和) 사람. 저서에 『칠수류고』가 있다.

『태평청화(太平淸話)』 2칙 명말 진계유의 저술. 생애는 『안득장자언』 조를 참조할 것. 『보안당비급』에 수록되어 있다. 자서(自序)에서 "여기 실린 것은 모두 고금 문헌과 한묵(翰墨)을 현상(玄賞)하던 일이다"라 하였다.

『파라관청언(婆羅館淸言)』 12칙 명 도륭(屠隆, 1542~1605)의 저술. 명대 희곡가, 문학가. 절강 사람. 벼슬이 예부낭중(禮部郞中)에 이르렀다. 호방한 풍격을 지녀 당대의 명류들과 폭넓은 교유를 나누었다. 저서에 『백유집(白楡集)』과 『유권집(由拳集)』이 있고, 전기(傳奇) 작품으로 『담화기(曇花記)』와 『수문기(修文記)』『채호기(彩豪記)』 등이 있다. 『파라관청언』은 정집

(正集)과 속집(續集)이 있는데 『보안당비급』에 실려 있다. 자서(自序)에서 도륭은 "내가 청언을 하는 까닭은 근심 겹던 이를 금세 기쁘게 하고, 답답해하던 이를 시원하게 해주기 때문이다. 시원한 바람을 쐰 듯, 단 이슬을 마신 듯하다"고 했다.

『하인본전(夏寅本傳)』 1칙 명 하인(夏寅). 생몰 불명. 송강(松江) 사람으로 벼슬이 산동우포정사(山東右布政使)에 이르렀다. 저서에 『문명공집(文明公集)』이 있다. 인용된 구절은 『명사(明史)』의 「하인본전」에 나오는 말로 당시에 명언으로 널리 전해진 말이다.

『한여필화(閑餘筆話)』 3칙 명 탕전영(湯傳楹, 1620~1644)의 저술. 오현(吳縣) 사람. 명말에 우동(尤侗)과 함께 광사(匡社)를 결성하였다. 유고에 『상중초(湘中草)』 6권이 있다. 『한여필화』는 『소대총서』에 수록되어 있다.

『형원소어(荊園小語)』 8칙 청 신함광(申涵光, 1619~1677)의 저술. 영년(永年) 사람. 젊어 벼슬에 뜻을 끊고 은둔하였다. 시문에 능하여 은악(殷岳)·장개(張盖)와 더불어 '기남삼재자(畿南三才子)'로 일컬어졌다. 저서에 『총산집(聰山集)』이 있다. 『형원소어』는 『총서집성초편(叢書集成初編)』에 실려 있다.

『형원진어(荊園進語)』 3칙 청 신함광의 저술. 위 『형원소어』와 같다.

『화천치사(華川卮辭)』 2칙 명 왕위(王褘, 1322~1373)의 저술. 의오(義烏) 사람. 명초에 『원사(元史)』를 편수하였다. 저서에 『왕문충공집(王文忠公集)』이 있다. 『화천치사』는 원명이 『치사(卮辭)』로 문집에 실려 있다. 『설부속』과 『학해류편(學海類編)』 등에도 수록되었다.

『회심언(會心言)』 13칙 명 왕납간(王納諫)의 저술. 생몰 미상. 저서에 『소장공소품(蘇長公小品)』과 『좌국전(左國腆)』 등이 있다. 『회심언』은 1616년 간본이 있고, 이를 간추려 엮은 『추도(秋濤)』가 『쾌서』에 수록되어 있다.

흐린 세상 맑은 말

초판 1쇄 2015년 12월 10일
초판 3쇄 2016년 2월 5일

지은이 | 정민
펴낸이 | 송영석

편집장 | 이진숙 · 이혜진
기획편집 | 박신애 · 박은영 · 정다움 · 정다경 · 김단비
디자인 | 박윤정 · 김현철
마케팅 | 이종우 · 허성권 · 김유종 · 한승민
관리 | 송우석 · 황규성 · 전지연 · 황지현

펴낸곳 | (株)해냄출판사
등록번호 | 제10-229호
등록일자 | 1988년 5월 11일(설립일자 | 1983년 6월 24일)

04042 서울시 마포구 잔다리로 30 해냄빌딩 5 · 6층
대표전화 | 326-1600 **팩스** | 326-1624
홈페이지 | www.hainaim.com

ISBN 978-89-6574-508-2

파본은 본사나 구입하신 서점에서 교환하여 드립니다.

이 도서의 국립중앙도서관 출판예정도서목록(CIP)은 서지정보유통지원시스템 홈페이지(http://seoji.nl.go.kr)와
국가자료공동목록시스템(http://www.nl.go.kr/kolisnet)에서 이용하실 수 있습니다.(CIP제어번호: CIP2015031368)